诗

SHI
LONGNAN

陇南

包苞——著

敦煌文艺出版社

图书在版编目（CIP）数据

诗·陇南 / 包苞著. -- 兰州 ： 敦煌文艺出版社，
2024. 12. -- ISBN 978-7-5468-2645-5

Ⅰ. I227

中国国家版本馆CIP数据核字第2024XD5359号

诗·陇南

包苞　著

责任编辑：孟孜铭

装帧设计：孜　铭

敦煌文艺出版社出版、发行

地址：（730030）兰州市城关区曹家巷 1 号新闻出版大厦

邮箱：dunhuangwenyi1958@126.com

0931-2131536（编辑部）　　0931-2131387（发行部）

兰州银声印务有限公司印刷

开本 710 毫米 ×1020 毫米　1/16　印张 17.5　插页 2　字数 160 千

2025 年 3 月第 1 版　　2025 年 3 月第 1 次印刷

ISBN 978-7-5468-2645-5

定价：58.00 元

目 录

Contents

文县篇

康县篇

宕昌篇

礼县篇

武都篇

累了倦了厌了烦了，就去滨江公园走走，

沿江的风有百般的温柔。

风过处，乌云散去，百花盛开。

啊，武都，正在一座沿江的公园里，

徐徐绽开……

九溜篇

武都

1

早春的阳光可以豢养，

可以插上羽毛让她歌唱，

可以绑上细线让她飞上蓝天，

可以让她忽闪忽闪地伏在水面上，

可以让她毛茸茸地跑动在变绿了的草地上。

如果你看在眼里，就把她放在心上。

如果她跟着你一路小跑，就把她带回家。

2

沿江没有闲地，公园的边上

种满了油菜、土豆，以及各种菜蔬。

不是武都人缺这一口粮食，

而是人人都把武都放在了心上。

旧城太挤，东江展了个腿，

这城市一夜之间

就从婴儿长成了妩媚的女子。

滨江公园里早晚都挤满了人，

我知道他们在等什么。

3

男人们的那颗心，在武都总是很随和。

武都就是陇南的北京城啊，

再大的官，也是百姓。

说不准你路上碰见了大人物，

却并没有把他放在眼里。

女人们不提倡做饭。

人人都窝在家里，那么多的饭馆，谁去吃呢？

滨江公园的风景那么美，谁去欣赏呢？

4

翻过米仓山，年年春来早。

其实，花儿完全可以不休眠，

但是冬天了，天下都在下雪，

不闭上眼睛装几天，

也对不起"北方"这个称谓。

可白龙江水毕竟很温暖，

好看的水鸟一年比一年多，

它们敞开了翅膀在水面上发情、做梦、

生儿育女，好像这里就是鸟儿的天堂。

5

农民绝迹了，农业还在继续。

放下锄头，人人都是老板。

哪个店里进去，不赚个比干部还高的工资呢？
而周末了，干部们脱下衣服，在江边上种菜，
那些长势小资的菜蔬，告诉人们，
人要是不流汗，那精气神就会发酸。

6

而武都毕竟不是一座辽阔的城市，
两岸的山峰常年趴在江边上饮水，
也不见山梁上长出几棵树来。
昨晚上北山有人放火烧了几根草，
今天的都市网就骂开了：那皮爪子闲着呢吗！
这闲事管得，人人心服口服。
你要是想攀折路边的花草，说不上哪个大妈，
会扇你几个耳光。

7

不要以为武都还是"山比云高、水比城高、路
比门高"，
也不要以为武都，就是牵了骡马
穿过的一座城门小洞。时代的搭桥术，
已经造出了新的巨人，那一条条高速路，
让武都人直呼："上广元吃鱼去！"
那可是"下川"啊！
如今，也不过是上了一回早市，
而山比云高，高的是武都的豪气；
水比城高，高的是武都人永远清澈的良心；

而路比门高，高的，是武都人心头的那一缕希望。

8

武都洋气了，但身上的土味不变。
再高大上的品牌，武都都能找到，
再昂贵的衣服，武都都有人穿。
要不是他们不迭声地大叫"欢死了！"
你还真以为这是大世界。
可武都就是这样，他们用浓浓的乡音，
把骄傲，牢牢地贴在时代的脸上。
正如贴着白龙江的滨江公园，一夜之间
似乎就长成了美人痣，闪耀在了时代的唇边。

9

想远方了，就去滨江公园走走，
那滚滚的江水，会把远方带到你的身边；
想让消失慢下来，就去滨江公园走走，
每一株小草都有留人的诀窍；
累了倦了厌了烦了，就去滨江公园走走，
沿江的风有百般的温柔。
风过处，乌云散去，百花盛开。
啊，武都，正在一座沿江的公园里，
徐徐绽开……

2016.2.29

好的东西都在发芽

生活，总是可以过得更好。
像沿江而建的公园，美在不断翻新。

在武都，逛公园是一种幸福的阅读，
它更容易贴近生活的真相。
清晨属于老人，而夜晚属于孩子。
在公园行走，人人都会被草木翻动。

白龙江在侧，好的东西都在发芽。
入园，即是书写。

2022.1.16

冬日速写：白龙江

早晨的阳光，唤醒了白龙江的情欲
那么多的桥墩，在和流水纠缠
成群的野鸭子，贴着水面飞翔
一忽儿，又深深地扎进去
好像，它们的飞翔，是温热的
流水小小的尖叫，也是……

2015.12.24

一个人的米仓山
——献给植树英雄刘尚文

1

鹰鹞盘旋过的地方
命运也在盘旋
黑黑的一点
像上帝的眼睛
用四十年的时间
将他拉近，再拉近
就是一个人的背影了

风沙吹过天空
也吹过一个人的心
先是眼里的荒凉
后是心上的恓惶
而后，就是一件单薄的衣裳
被风吹远，再吹远
吹到四十年前
他就是一只无可栖身的鹰鹞了
眼泪一样
旋在风沙肆虐的高天

大地疼痛
隆起了山
疼痛翻滚
隆起了群山

一只鹰鹞
盘旋在荒秃秃的群山上空
这会是谁的眼泪?

按住一座山峰的疼
会隆起另一座
按住另一座山峰的疼
所有的疼痛
就会翻滚
这到底是喊饿的孩子
还是疯了的命?

一只无可栖身的鹰鹞
盘旋着,盘旋着
该离去
还是像眼泪一样
砸下来?

3

一滴水
选择了从人心起飞

就是泪

一滴泪

选择了黄土中驻足

就是血

当一只鹰鹞

铁了心

要做一粒尘土

在他滴落的瞬间

翻滚的疼痛

凝固成了起伏的山峦

4

每个人

都是自己的

深渊

当他选择了降落

世界

就在降落中缓慢抬升

每个人

都是世界的中点

他选择的颜色

是他的

宗教

5

当他把自己
也当作一粒种子
埋在身边起伏的荒凉中
四十年，就是一片绿色海洋长大的过程

和一座山相比
一个蹲在山梁上的背影更加高大
和一个春天相比
人心的绿色更加宽广

满山的树木
是因为感动才喝彩吗？

在武都焦家眼村的麦场边
一座活人的功德碑上
过路的喜鹊
都会停在上面叫几声

6

护林员眼含热泪，声音哽咽
这是第几次
他因为念到一个名字而流出泪来？

四十年不再仅仅是一个开始
满山的树木都陪着他走在路上

风吹来

他会被高高举起

也会被深深掩藏

善于行动的人没有口号

他默默低下头去

也许只有一个简单的念头

于是就有人跟上去

他继续低头向前

就有更多的人跟上去

四十年后回头

每一个寂寞的脚印都长出了旗帜

7

不是所有的鹰鹞

都是天堂的种子

也不是所有的眼泪

都是人心的珍珠

为巨大的苦难

注入一滴悲悯

好日子才会发芽

米仓山，为了一个永不走远的背影

长成了一座绿色的丰碑

2012.10.9

茶是一片心怀远方的叶子

1

古老的枝条里
藏着一条小路
月光和雪
都在堆积

那个小人儿
米粒大小，总会出来
穿过月光，或者雪
去山谷的另一边

2

雨水总是多于阳光
有时大，有时小
如果接连几天
它会洗掉一片叶子的浮躁

雨中的黄昏
总比平日来得早
长夜里，左手找到右手
一局残棋未完

天就亮了

3

成长是静默的
风会翻动每一片叶子

只有云朵
才会擦出天空干净的蓝

走累了的人
安静地汲饮
刹那间
他会变成透明的树

4

叶子心怀远方
蝴蝶深陷旧梦
清晨的露水打湿彩翼
往事，久久不能脱身

有梦不怕路远
她扇了扇翅膀
那些簇拥着的山峰
就都飘了起来

5

鸟会叫

会在树叶中鸣叫

一枚树叶鸣叫

其他的就会静静听着

阳光穿过一株千年的茶树

仿佛穿过爱情

更多的叶子

把话藏在心上

爱让它绵长

也让它安静

6

水声会被潮汐置换

总有一些夜晚

不轻轻摇晃

也不点灯

黑暗中

静静坐着

想一次遇见

有时，会偷偷发笑

有时，会有一丝不安

一杯水，正在渐渐变成月色
夜晚给予的
比这还要多

7

有茶的夜晚是相会
黑暗把最好的部分留给了你

夜晚会被月光充盈
渐渐轻，渐渐浅
渐渐在消失中呈现
又在呈现中消失

直到成为你想要的事物
从古老的枝头长出来

8

翻一座山梁访友
修一座小桥送别
拂一块石头长夏午睡
捡一堆枯枝寒夜温酒

焦躁的叶子要掐去
利欲的花朵要摘除
小路虽旧
但通往明天

明天的枝头上

想说的话

还要说上一遍

9

想说的话，可以借着茶水宛转

可以提前

心慢慢变暖，霞光慢慢呈现

一切都将会清澈：

路途的劳顿、颠簸

一座客栈的温暖与一列车厢的快意

由你至我，路转峰回

10

时光漫漶处，我已重新上路

悠久的鸟鸣中

每一片叶子

都是光阴安详的脸

一杯茶就是一座微妙的深山

自然而然

2017.7.21

万象洞

1

一滴水怀孕
生下石头

她不停生
直到生下一个世界

2

水在洞中是创世
出了洞
就是哺育

水是万物的母亲
她把爱
像灯一样
点到石头体内

水流经过的地方
世界有了心跳

3

袅动的石头如时间的丛林
有人在此遁入钟乳内部

我以手拍石
石头发出开门的声音

我侧耳倾听
石头之中似有鸡犬之声相闻

4

石头上可种田。
插秧的人刚刚离去，水面
在轻轻晃动，好像水中
养着一个秋天

5

有人指认坐在田头的人
是一尊菩萨
但我知道，那是歇晌的父亲
在凝视自己的江山

在他的身后，牛在摆尾
狗在撒欢，田禾静静成长

6

石头的狮群正在经过
时间中也有呛人的灰尘

寂静中，一只蝴蝶款款飞来
在雄狮的鼻尖停了一会
又朝时间深处
款款飞去……

7

在石头上种花
在看不见的游丝上
修路。就是等待的铁杵
磨着爱的绣花针

我是你的故乡，你是
我的天堂。而天空，也为相逢
备好了闪电和雷霆。

8

一根石笋
在时间中哭泣
它是哭一场适时的好雨
还是哭赶路的锄头？

9

一定，有一个春天
藏在石头体内

一定，有一只好看的蝴蝶
飞在时间中

10

幽暗中，有一群人
举着松明
朝石头深处走去
也有一群人
谈笑着，从石头中走来
去了更远的地方

我看不清他们。他们
就住在崖壁
那些斑驳的墨痕中

11

江山可以再挤一挤
也可以抻开

但这都不影响一个人

骑着毛驴

朝群山走去

得得蹄声清晰可鉴

如莲花盛开

12

举头三尺

有水滴

水滴深处

住着神

月明星稀夜，有人

在谈天：

嘀嗒、嘀嗒、嘀

嗒……

2023.3.28

悼

——纪念英雄樊龙

平静的武都，像一潭水
29 岁的生命，是一粒有温度的石子
在冰凉的夜晚，他纵身一跃
啊，白龙江掀起了波涛

是的，29 岁的生命，无论为了谁
都过于年轻
但他别无选择
他在救活一个生命的同时
也让一个称谓，在人心上发出光来

樊龙，甘肃武都人，武都区巡警大队中队长
2016 年 10 月 24 日凌晨，因救一跳江妇女英勇牺牲
时年 29 岁

2016.10.25

响崖坝

白龙江水似乎流到石头里去了,
漫天都是石破天惊的声音。

也仿佛一支队伍,冲向另一支。
短兵相接,空气都在战栗。

古栈道只剩几个石头中的孔了,
我依然看到驮盐巴和砖茶的骡子走在上面,
草子铃如诗如歌。

当地民俗专家说这是三国邓艾伐蜀的路。
可我知道,自古以来只有银子会自己修路,
战争从来都是借道而行。

老学究一直在强调,
"响崖坝"应该就是"险崖坝"。
白龙江水能唤醒两面冰冷的山崖如裂如沸,
却唤不回一个学究固执的心。

一辆负重的大卡车隆隆经过我身边时,
响崖坝的另一侧,兰渝高速穿山而过,
挡在它前面的山峰好像并不存在。

2 5

2020.11.12

月照

美好的名字
也会留人。
在月照，我停车询问时，
落日已把无尽的山峰涂成金色。
"为什么叫月照？"
听见的人都很愕然，
似乎他们从未想过这个问题。
"一直都这么叫。"
我想，一定会有原因。
一位老人，停下手中的活计，
指了指身后，
"那座山就叫月照山。"
我抬头，看见一抹金色，正从它的身上
缓缓撤离。而此前，有个年轻人说，
"月照就是月亮照着的地方。"
很显然，这不是理由。
和高高在上的事物相比，一座积雪覆顶，
能长花椒长核桃种土豆的山，
比那些闪光的事物，更像故乡。

2020.3.4

寻找一条河的名字

在米仓山，我向当地人打听一条河的名字，

他们都很茫然：

"我们就叫它甘泉河，因为它流经甘泉。"

似乎，这是一种通用的命名方式。

如果溯流而上，流过东沟的叫东沟河，流过双沟的就叫双沟河，

而甘泉河在杨庙的地界，就叫杨庙河了。

如果再上溯，就是米仓山覆有积雪的山顶，

和山顶上悬着的云朵，

以及无涯无际蔚蓝色的天空。

其实，甘泉河流下米仓山，过了毛坝，就叫犀牛江。

再向前，过了朝天门，就叫长江。

如果再远，那就叫"海"，或者"洋"了。

而在海洋的疆域，甘泉河只是无数浪花中的一朵，

它不再拥有自己的名字。

如果再远，那就是海洋上空悬着的云朵，

以及无涯无际蔚蓝色的天空。

其实，站在米仓山寻找一条河的名字，

是一件很有意思的事情。

似乎开始和结束都指向同一种事物：

27

它们澄澈、虚无、没有边际，

而中间，就是漫长而曲折的一生。

2020.3.5

临江小镇

白龙江水的声音，若隐若现，一如暮色。
路过的一辆车，在路边停下，
三个男人，下车，进了街边小饭馆。
他们要了饭菜，然后围着炉子，安静地喝水，等。

期间，有人问过对面山峰的名字，
也问过山顶牡丹寺的渊源。有人，却默默地
往炉子里，添了几块煤。

我也是路过，在这个安静的小镇稍做逗留。
临江的夜色，要比别处来得更快些。
吃完面条，离开时，他们的菜还没有上齐，
炉子里的火，已经很旺。

红红的火苗，突突突地，跳动在三个沉默男人的眼里，
这时，白龙江水的声音，似乎，比之前大了许多。

2018.12.19

微雨八福沟

桃花照水
是水，把桃花绣在了心上

梨树临风
是风，把梨树做了嫁娘

更多的树
把自己嫁给了身边的另一棵
他们的花
许给了明天

明天，一场盛大的集体婚礼
将在八福沟举行。
今天的微雨
在赶织一袭袭盛典的婚纱。

2023.3.23

张坝古村落

房子是老的，
但气息，是新的。

即使老住户，
也多是常年外出，
犹如房客。

只有村头那棵老杏树，
才像真正的主人。

花开如探亲，
果熟如访友。

即使被你发梢带走的那几片粉红，
风吹，也会原路返回来。

2023.3.23

裕河土蜜蜂

在裕河，对于一只土蜜蜂来说
野桂花才是桂花
野樱桃才是樱桃
野桃花也才是桃花
所有经过农药豢养的花朵
它都拒绝

在裕河，对于一只土蜜蜂来说
花朵要好看
要香，要有酿蜜的花粉
花朵就自成大路

当然，在裕河
对于一只土蜜蜂来说
这个世界没有偷盗
没有窃取
也没有奴役
活着就要劳动
出工，就要带着花粉回来

当然，在裕河
对于一只土蜜蜂来说

崖蜜，和其他蜜也没有区别
它们都来自辛勤的劳动
来自芳香的花朵内部

当然，对于一群
把蜂巢筑在绝壁上的蜜蜂来说
蜜蜂也没有土洋之分
甜蜜，只来自于不停的飞动
和静静的守候

2023.3.24

夜雨

雨下了一夜

裕河的水涨了许多

一树野桃花

不堪雨水重负

临水的枝条

直接断折在了河水中。

好看的花瓣

会漂去春天更深的地方

雨水压断的枝条

明年，还会开出更多的花来

我们沿河走着

碰到一群湿漉漉的孩子时

阳光冲破浓雾

照了下来

快乐的孩子

仿佛也来自古老的枝条

2023.3.29

张坝古村行

1

住多久，
才能成为故乡？

爱多深，
才能成为亲人？

在张坝，我这样问时，
风把一树杏花
吹落满地。

2

房屋可以倾塌，
村民，可以迁走，
但记忆，
已经沁入了时间的包浆。

一阵风过，
雕花的窗户
还会徐徐打开。

一阵雨过，

石板路，

还会响起归来的足音。

3

我用手抚摸一块木雕上的梅花时，

站在枝头的那只喜鹊

突然叫了。

4

我注视一只刻在石头上的梅花鹿时，

不远处的山林里，

藏着另一只。

5

西蕃人

究竟是些什么人？

那些刻在石头上的神兽

究竟是谁的坐骑？

一些人不见了，

但另一些人

被錾刀刻进了石头。

他们的祈祷，

至今还在进行。

6

站在木楼上
抬头，看见邻家的窗户。
窗户的后面，
仿佛
有一支桃花在笑。

7

站在木楼上，看见
一条小路
消失在密林深处，
另一条，
却又在大山的肩头
折返回来。

8

有人在远方立军功，
有人在家中建祠堂。
张坝的最高处，
建着观音庙。

观音菩萨从不搬家，
他在等那些归来的人。

9

陇南的山
都像等待号令的将士,
而张坝的山,
为什么像一把琵琶?

团鱼河流了千年,
赴远的心
弹响的都是归来。

10

再破旧的故乡
都是游子心头的月亮。

纵使十万大山
阻塞归途,
张坝的千年菩提树,
依然听得见返乡的铃铛。

2023.4.2

白沙沟看金丝猴

1

一群所谓褪了毛的猴子
去看一群拒绝褪毛的猴子
中间隔着
理想主义到经验主义的壕沟

如果时间一直倒退
他们
能回到同一片山林吗？

2

投喂点的高音喇叭
播放的流行歌曲
对于一群金丝猴来说
等同于香甜的香蕉、苹果
或者黄澄澄的玉米粒
对于一群气喘吁吁的游客来说
就是一次心照不宣的约定
他们究竟要看什么
其实谁都说不清楚
但猴子清楚，它们因何至此

3

歌声就是约定
歌声就是拴在猴子心头的一根绳子
歌声也就是不劳而获的一顿免费午餐
它们循声而至
身上还粘着昨夜的雨水
和路途上的泥土、草屑

4

它们有金色的毛发
也有蓝色的眼眶和睾丸
它们对人的残忍记忆犹新
但对善意的投喂也笃信不疑

二十年的投喂
足以让胆大的那些深入人群
但总有一部分
仍然警觉地站在远处

5

它们接过香蕉的小手
让人怜爱
它们看着人的眼神
让人羞愧

但雨水打湿的毛发

还是令人担心

（也许这种担心是多余的）

6

都是猴子

但总有一些拥有优先进食的权利

有一些，只能眼巴巴看着

拾人牙慧

猴群中的规矩比人群中的

更加森严

那只只有一只耳朵的猴子

体会更加深刻

7

猴王站在高处

在首领心中

总有一些东西要比食物更加重要：

它的捍卫

让它更加威风凛凛

8

那只断腿的猴子

会受到猴王的保护

它的腿

一定是为了集体利益而断

这原始的情谊

让人动容

9

好看的猴子

属于勇士

爱是打斗出来的

每只猴子的宝宝

都是英雄的果实

它会受到集体的呵护

10

不要逗骗一只乞食的猴子

也不要去摸它怀抱中的孩子

在猴子的世界

没有施舍

也没有怜悯

它对你的信任，要珍惜

11

最漂亮的猴子

总在摆姿势

它似乎早已洞悉人心

最凶猛的猴子
总在最有利的进攻位置
它们似乎
也早已洞悉人心

12

最后进食的猴子
只能捡到果皮
但它们很满足
饥饿给予它们的
要比饱食
给予它们的更多

13

猴群散了
人群，也就散了
经验主义者再次获得山林
而理想主义者
也重新返回了理想世界

从经验主义到理想主义
中间隔着狭长幽深的白沙沟
隔着雄奇险峻的西秦岭
隔着一道又一道的
物种断层

2023.4.5

广严院

1

广严院，也叫柏林寺。
树活千年就成了神。
有人听到古柏的体内敲木鱼的声音。

2

广严院的单檐挑角灰瓦歇山顶
夜夜悬停明月。它的鸱吻
张嘴吞脊的缠枝牡丹，虽经千年风雨
依旧丝毫没有败相。
即使散落草丛的那一朵，依然
散发着大宋的审美芳香。

大雄宝殿曾做过粮站的库房。
错置的檐板和"团结紧张严肃活泼"的
朱红标语，
仿佛给广严院披上了一袭缀满布丁的袈裟。

鲜红的挖掘机正在平整门前地基，
门前的老槐新芽初绽，如炬如烛。

3

广严院始建于宋代。

如果沿着时间上溯，

郁郁葱葱的柏树会重新覆盖拽龙山。

那些作古的僧人

也会一个个从大地深处活过来。

而一条小路，穿过连绵群山

上面走着牵马的人、骑驴的人、推车的人，

也走着挑书的童子和吟诗的读书人。

天黑前，他们都要在此投宿。

那时的武都叫阶州，

广严院还是福津县治。

那时的皇上，不爱杀伐，却痴迷纸上烟云，

夜夜，都在用瘦金体，

抄写着《千字文》……

4

我更喜欢"柏林寺"的民间身份。

以树为僧，柏林寺就无人能毁。

广严院最高最大的那棵古柏

距今 960 多年，

立于高台，如住持方丈；

而殿前的另一棵，古枝如龙，

枝枧间

有一个硕大鸟巢。

明月夜，古屋寂寂，鸱吻吐芳，
风动树叶，如众僧合唱。

2023.4.9

朝阳洞

朝阳洞，朝着坪垭藏乡的万亩油菜花田。
前世碧波荡漾，现世坐拥一洞清凉。

洞内有佛坐化，洞外苍鹭在青杨树顶筑巢育雏。
最古老的那棵，已经树寿千年。

2023.4.9

裕河山中

1

一溪水，从满山的绿中流淌出来
也仿佛是从它流经的每一块石头中流淌出来

流水经过一树桃花时
它流经的每一朵倒影也是害羞的
以致流水流出很远，才听到身后的笑声

2

一只白顶溪鸲站在石头上
红红的尾巴翘一下
水中的那一只，也会翘一下
流水和石头，同时获得了心跳

3

流水分开满山绿翠
一树梨花白在水边，一树桃花
粉在半山，仿佛一袭嫁衣拥有两处刺绣
山水的纽扣，锁着春天羞涩的心跳
解开了第一颗，你就被所有的秘密照亮

经过桃花的流水

也在经过一树树山茱萸

经过一树树野樱桃

流水仿佛一袭崭新的花轿

坐着害羞的落花

5

一树珙桐在水边欣赏自己的倒影时

一只大熊猫

正在对岸汲饮

有一种古老的甜蜜通过流水完成了交换

不要惊吓一只饮完水走向密林的大熊猫

美受到惊吓，会变成石头

6

古老的珙桐树自成王国，每一朵花

都是自己的传奇

珙桐花的盛开和凋落是美的两种形式

它只属于静静的山林

7

春叶胜花。不要对一星嫩芽的呓语过于惊奇

也不要对拦路的荆棘小题大做
这不过是接近了荒芜的锦绣在等春风剪裁

8

一些流水，会从一棵大树的身后窜出
一些，则会从无路的绝壁跃下
这是欢乐的游戏，不断为美的生成另辟蹊径

9

一只红腹锦鸡正在经过一条溪水
她的倒影
像一丛隐秘的火焰

10

一只蓝马鸡正在静静的山林为异性放歌
一群金丝猴忽然掠过树梢
爱情受到惊吓，又复归沉寂

11

在水边的石头上
有一丛鸢尾
那是神仙的妹妹

深山

有笑声

隔水看见一树樱桃花正在迎风

风摇落的花瓣落在了石头上

忽然

自己翻了个身

又落在了流水中

13

一只红嘴蓝鹊出现时

它的身后

会有许多蓝鹊

一只鹰鹃出现时

它的视野中

不会再有第二只

14

一只角鸮叫时

整座山林都在倾听

一只噪鹃叫时

整座山林都在叫

15

风，在偷运一缕暗香
而蝴蝶，在制造一阵风

阳光在青苔上撒满了树影的金币
而兰花，才是芳香的银行

16

一些大山变成流水去了远方
一些远方，又变成流水回到了大山
来来去去的路上，石头有了心跳

17

走累的地方，一些花
在用芳香等我
我俯身，饮下了整座山的清凉

2023.4.11

郭家大院

老爷姓郭，
院子也就姓郭。
木雕的花鸟石雕的神兽，甚至
院子外面一树闹哄哄的杏花，都姓郭。
有一扇门，一直为他虚掩着，
有一朵花，直接为他开到了石头中。

姓郭的人走了，
只留下姓郭的院子。
一些人为他寂寞老去，一些人
为他远走他乡。

当一座院子
有了时间浓厚的包浆，
流水和石板路都会固执地指向过去。

2023.4.16

朱鹮

朱鹮翻过米仓山，
越来越多出现在陇南，
出现在嘉陵江边、白龙江边、白水江边，这是一件大事，
仿佛家里亮起迎亲的灯盏。

娴静的朱鹮喜欢独占一片水域。
当它伫立、凝神，
干净的身躯如明月的故乡。

这是七十年后的再次归来。
它脖颈的覆羽，如崭新的水墨江山。
它朱红色的喙基和跗跖，如跳动的火焰。

当它滑翔、飞升，
身后相随不仅是更多的朱鹮，
还有一座又一座苍翠的大山。

2023.4.26

文具篇

一座树林拥有的静谧，涔涔流水会读出声。

林花怪鸟，都是可遇不可求的好句子，

让人心旌摇荡。

时光总在留人，美好也会转眼即逝。

我和丹堡之间是一场繁盛的花事

四月的丹堡河两岸，春风正在点燃一场繁盛的花事。
丹堡河并不宽阔，金色的油菜花就格外肥厚。

水流走的，只是一部分清香，大量的，都朝着山坡向上漫去，
好像古老的凤凰山顶，真的有一只凤凰。

而穿过田陌的小路，也会把一部分金色，送给沿途的农家小院。
甜蜜太厚了，蜜蜂会在半路上歇脚。

我也听到了召唤，一路向前，
沿着丹堡河谷，春风藏下的美，流水，又会一一呈现。

我不过是一个异乡人，迷上了四月的丹堡，
有人叫我花心蝴蝶，有人叫我伤心天涯。

2018.4.14

春天并无深意

在去往丹堡的路上，我和一树泡桐花打了一个照面。
紫色的泡桐花，把粗壮的枝条压下来，
早晨的阳光，刚好穿过花瓣。

刹那之间，美不仅拥有了沉甸甸的份量，
更拥有了阳光一样丰盈的肉身和呼吸。
即使她不晃动，不洒下馥郁的香气，
时间，也已经醉了。

2018.4.14

阳光掠过丹堡

阳光掠过丹堡，照见绿色正在积聚，金色已经流淌；
照见攀上山顶的清浅，爬上枝头的娇羞。

许多鸟儿隐在树丛中，
好像阳光也照见了它们鲜嫩的歌唱。
一树玉兰开在山洼里，一树桃花开在崖畔上，
在一条小路的两端，阳光，同时将它们照亮。

阳光中，绿色的波浪拍过来，金色的波浪又推开去。
丹堡河剪开的春色，春风又将它悄悄缝合。

那撑着山歌的小筏，穿过花海的姑娘，
我朝她挥手，阳光就把她的羞涩，也照亮了。

2018.4.14

何家大院

春天又一次来到何家大院，
几百年的旧院子，时间开出了新花朵。

能在沧桑岁月中留存下来的事物，
此刻，都闪烁着迷人的光芒。

在古老的窗棂前，我为同行的女孩拍照，
仿佛看见何老爷一袭青衫，站在身后。

我也看见他爱过的那些女人，藏身瓦垄墙下，
开出一朵朵娇羞的小花。

春风吹动它们时，我依旧听到一声声久远的轻叹，
在时间中轻轻荡开……

2018.4.14

白马印象

一条山路，弯弯曲曲
走着走着就细了

一群池哥池母，花花绿绿
跳着跳着就远了

黑夜里取火，星空下放歌
头顶的一丛白鸡毛可通神道

面具上显恶
人心上藏善

天底下，一群凶猛的小可爱
饮多了咂杆酒相拥而眠

2018.6.16

天池

众神挖坑，种下蓝天

种下钴蓝色的语言
种下白云一朵又一朵

种下时间和它微微的波澜

种下天鹅飞来众神退向一边
湖水中开出一朵闪电

2018.6.16

秋天的黄林沟

秋天的黄林沟有三种事物相互照耀：
头顶闪光的雪山，半山海子中宝蓝的水
树叶上燃烧的秋风

雪山还在高远处固守着干净的光芒
流水好像并非来自雪山，而是来自天上
它深邃的蓝有如神谕

只有秋风，带着人间烟火一路向上
当山脚的树叶也都红了
雪山，就离天更近了几尺

秋日的黄林沟总是被这三种事物滋养
呈现着它在人世的模样
但这只是在秋天，美只呈现了一个侧面
更多的，匹配黄林沟的狭长、舒缓
在时间中悄悄受孕，产下惊喜……

2018.11.13

洋汤天池

蓝色的天池也会涨潮
湖水会漫上好几级台阶

天晴，湖水会是深邃的蓝
天阴，就会暗一些

天池的边上，洋汤庙已经存在一千多年
它阶前的玉兰树，也是

天魏山和洋汤庙隔湖对望
有时，水面上是云影
有时，是游动的水鸟

更多的时间，它空着，只是一种深邃的蓝
随潮涨潮落，柔软地起起伏伏

2018.11.13

火烧关随想

一场大火烧了千年，依然没有
熄灭的迹象：有时是穿过峡谷的风，
有时，是沿坡而上的红叶，
还有时，是顺沟滚下的泥石流。

火烧关，并非是一座当道的城楼，
也并非入蜀的栈道凿进了时间的骨头里，
而是深情的滴水崖，为万里江山
挡住过无数觊觎的铁蹄。

万历十四年的摩崖和文县街头的标语并无二致。
马无并辔人无双行的阴平道，
还是在此为时代让出了宽阔大道。

入关远眺，尖山入云，数峰如帜。
一村如画，藏于密林。
想想陇蜀早成一家，天下已是太平，
不如再用一把锁，锁住这满谷秀色，
石头的归于石头，流水的归于流水。

而风有遂人意，山多志士心。
心有长安，何处又不是火烧关？

2020.11.13

让水河谷遇见远征的队伍

他们何时起程？去往哪里？
时间太久远了，没人能回答得上来。
群山侧身，就让过了他们。

山不占水道，只往高处长。
高处的事情云遮雾罩，
无人能说清楚。

让水河来自高处，却有一颗向下的心。

遇见他们时，阳光正好穿过密林，
坑坑洼洼的古道上，躺满了
疲惫的落叶。

落叶也在远征。
它们踩着阳光的悬梯，一路向上。
再走一走，就到春天了。

而一支远征的队伍，
从进沟的那一天，
就没有了归途。

2020.11.15

有些人一生都在翻越摩天岭

一定，要是铁了心
一定，要有一个志在必得的蜀国
否则，不要去翻越摩天岭

那些死于危岩的士兵，至今阴魂不散
在沿途打家劫舍
但总有些人会用一生去翻越摩天岭

什么"二火初兴，有人越此；
二士争衡，不久自死"，这都是骗人的鬼话
诸葛先生要能知身后事，也就不出茅庐了
他还不是死在了翻越摩天岭的路上

但总有人会用一生翻越摩天岭
宽直的大路，是众人走的
有些人，生来就是一条逼仄的小路
而摩天岭随处都在，并非只在陇蜀间

2020.11.15

寻找摩天岭

找到让水河，就找到了摩天岭的消息。
但经过峡谷的水流太急，
像是去寻找和我们相反的东西。

我们总是以为流水都有向下之心，
其实好多水，都飘到了高处，
只是我们错把它们当成了云雾。

云雾也来自人间，来自那些匍匐在地
的草木。它们拒绝从众，独立思考，
就飘升了起来。

阳光穿过密林，我看到细小的露珠
都长出了五彩的翅羽。
它们更像一支远征的队伍。

它们一路向上，在绝壁架起虹桥。
因为轻，它们却扛起了
世间最重的东西。

在让水河的源头，我惊讶地发现，
我们要寻找的摩天岭，

云雾，已经把它们扛到了更高的地方。

在那里，远征的队伍还在前行，
而一些人，已经把根
扎到了遍地野花的血脉之中。

2020.11.26

在碧口

倦于山水的人，
成了山水的一部分。
他们的倒影，
和云彩纠缠，
分享一枚金色的月亮。

月亮，其实一直高高在上。
即使掬在手中，
它也因为拒绝豢养而闪着
孤独的光。

孤独是迷人的。
有时和一朵野花一样，
只需一朵迎风，
整座山坡都会情不自禁地晃动。

晃动的，还有不愿远走的水。
它们在此汇聚，
停留，
成为梦的一部分。

梦中，所有的山不再往高处长，

而是朝着湖心攒聚。
湖心的那枚月亮，
好像才是世界的出口。

2020.12.1

碧口古镇

没有一江水
碧口，将不复存在
两岸大山去不了的地方
江水，替他们去

没有四面高耸的山
碧口，也将不复存在
江水去不了的地方
满山的茶叶，替他们去

江水一涨再涨
碧口，更将不复存在
去年八月，上涨的江水
淹上了老街的二楼

也有人痴迷
坐在烟火熏黑的茶楼
静听檐雨滴答
一坐，就是一整天

他在等什么
没有人知道

2021.3.6

碧口电厂

发光的，不仅仅是水中的星星，
还应该有山顶的积雪；

不仅仅有细碎的浪花，
还应该有迎着寒风盛开的油菜花；

不仅仅有轰鸣的涡轮机，
还应该有被巨大轰鸣淹没的喊叫。

流水一泻而下，光明
就冲进了汹涌的夜色。

技校生王育民曾经也是一个诗人，
电厂工作三十年，诗意早已灰飞烟灭。

写这首诗时，有一部分光明来自碧口电厂，
有一部分，来自命运之黑。

2021.3.6

碧口

在碧口，有一些江水好像永不流走，
它们温润如玉，漾动在两山之间，
供漂泊的云朵歇息，也供
夜晚的星辰沐浴。

早春二月，我从飞雪的秦地来到碧口，
白龙江边，已经站满了山峰。
它们白雪覆顶，满身黄花，
这使江水中的天空格外明亮。

四面都是高山。
我怀疑陇南的春天就是从碧口开始的。
一部分江水在这里持续发酵，
一部分江水，去把沿岸的春天唤醒。

2021.3.6

茶山

茶山，也曾是一座荒山。
如果不把大路修到山顶，
山上，就只能住着神仙。

神仙多在云雾中。
也有的，化身茶农，
藏在茶垄间。

世事变迁，神仙也难预料！
但想不到的事情太多了。

人们用一面坡雕塑茶壶，
叫"百壶园"，
其实，茶壶不用太多，一把就够了。

只要能沏出这半坡烟雨，一树鸟鸣，
何处又不能是春天呢？

2021.3.6

光

从碧口马家山茶园下来，九岁的秦兰郁
一直操心何处能够停车。
这小小少年，为他矿泉水瓶子里的生命担起了心。

本来只想亲近一只流水中的蝌蚪，
而现在他已经后悔了。
他不停提醒，找到水流，并且能够走到水边。
他要把自由还给生命，流水还给流水。
这是一个小小心愿，却是一件大事。
当他从水边返回，明亮的眼眸中散发着干净的欣喜。

一辆长途客车，迟迟不发，
还在耐心地，等那个还在路上的人。

2021.3.6

去往苜蓿坪：巨大的寂静稀释人世的喧嚣

1

逆着流水，探访一座大山的秘密，
总有一只鸟儿会在前面带路，或者，
躲藏在凌乱的枝条间，模仿人的声音。
它是树荫里飞翔的石头，也是
枝条间探下的花朵。早晨的阳光鲜嫩欲滴，
像森林的甜点，光芒会从它们体内长出来。

2

一座树林拥有的静谧，涔涔流水会读出声。
林花怪鸟，都是可遇不可求的好句子，
让人心旌摇荡。
时光总在留人，美好也会转眼即逝。

3

进了树林，就不做匆匆的赶路人。
珍惜每一件擦肩而过的事物，甚至，
在这优雅的一日宽恕自己。热爱
每一个峰回路转，

也对所有的山重水复

葆有期待。如果有足够耐心，还可以听见

石头的心跳。

4

流水放弃远行，为一丛苔花终老一生，

它们的幸福坚韧、绵长，

时时都有开心的花朵绽放。

5

而一棵高大的树木，总有百折不挠的藤条找它，

和它在时间中肢体交缠融为一体。

这究竟是生之狡黠，还是爱之蚀骨？

当我看到它毛绒绒的枝条攀缘而上，酷似

一根藏匿的"尾巴"，我深信，半夜它会摇身一变，

成为仙风道骨的老人，拄杖趁月，去那流水边的人家；

或者，随风遁形，成为标致的女人。

6

每一朵路旁小花，都是一个生命奇迹，

它们是黄林沟恒久的住户，也是

雪山和阳光生养的女儿，散落人间，

如光如钻，成了众多石头的芳邻。

7

山间马蜂不仅是堪舆大师，更是
自然界的建筑天才，它们占卜的位置
是一片树林隐秘的风水宝地，熠熠生辉的房子，
也成了摆放在黄林沟上空的田纳西的"坛子"。
如果在一朵摇曳的花朵邂逅，我定会
对它长揖一礼，表达我由衷的敬意。

8

一只硕大的黑凤蝶，也满含玄幻，
好像是从空气中蹦了出来。它的出现
在静静的山林掀起漩涡。
　它会突然落在我的面前幻化成人吗？
她翩翩的羽翼像神的彩袖，恍恍惚惚，
就飞过了远处的独木桥……

9

而山林依旧是寂静的。
流水渐行渐远，及至深谷却没了踪迹。
抬头，雪山如烛，满含笑意。
它似乎在用巨大的寂静，
稀释人世的喧嚣。

10

一只大尾巴松鼠从树干后面转出来，
踩着松软的落叶，奔向那遍地的松塔。
而饱满的一粒，正从高高的枝头，
携带金灿灿的松籽，划开寂静，掉落下来。

11

我也终会人困马乏，在路边安坐下来，
听听整座林子优雅的呼吸。
甚至，希望时间就此慢下来，
让柔软的青苔，慢慢爬上我的膝盖……

2020.4.26. 黄林沟

西和篇

河边送巧

巧，就是碎了的浪花

泉边送巧

巧，就是散了的云朵

村口送巧

巧，就是沿着玉米地走远了的背影

桥头送巧

巧，就是那个拨通，又挂断了的号码

白雀寺

白雀寺有喜鹊、红嘴蓝鹊、大山雀。

寺内残碑记述，白雀寺重建于南宋嘉定，
而现存建筑却为清代形制。
辽阔的空白，
足以容下数场大火，和一只
飞出飞进的白雀。

无妄之火，
口耳相传，
五百僧尼和万余信众就是火中的翅膀。

白雀，究竟是一只什么雀？
白雀寺香火重续，
之前，寺内曾经驻军、囤粮、办学堂。

2019.5.30

遥望仇池山

遥望仇池山
一条艰难的路，渐渐走到了高处

山到孤绝
石头的心就硬了

纵是仇池山"逸材"杨大眼能够捕风捉影
也不过是岁月的一声叹息

白云一次次擦拭崖壁的断茬
风一吹，又会悄悄就散去

风声、鹰啸、明月、流云
这都是仇池山被时光砍掉了的首级吗？

遥望处
断壁如劈，旧疼如新

2016.9.24

唱巧

水边上的苇子草在唱
路边上的歪脖树也在唱

山梁上的堡子在唱
庄边上的塌房房也在唱

半夜里的灯盏在唱
肩头的水桶也在唱

指甲上的凤仙花在唱
媒婆子舌尖上的谎言也在唱

"巧娘娘，下云端
我把巧娘娘请下凡……"

巧娘娘下凡，天下的花儿都赶着
把心上的美好，开了一遍

2016.7.12

迎巧

在水边请神
也请水中的天空
一朵云聚了
风又把它吹散

在水边请神
也请水中的浪花
一朵花近了
另一朵，又把它推远

到了水边
也不敢低头看
低头，眼里的泪水
会把水中的笑脸打散

"巧娘娘，下云端
我把巧娘娘请下凡……"

一条弯弯曲曲的路
唱着进庄时，两边的事物
都退后了一步

2016.7.12

乞巧

"巧娘娘，下凡来，给我教针教线来"
乞巧，巧就来了

骑马的巧，翻山来
坐轿的巧，渡河来

山是大堡子山，马是雕鞍马
风中的铃铛开了花

河是西汉水，轿是八抬轿
心上忽闪着的是唢呐

提水罐的巧，地边上来
顶手帕的巧，树林里来

玉米樱子动时
水罐里的天，也动了

花椒树上的闪电熟时
心尖上的闪电，也熟了

"巧娘娘，坐桌前，请你给我教茶饭"

乞巧，巧就来了

光芒炸裂的云隙下
好看的巧，腰身一转，就不见了

2016.7.12

祭巧

用应时的鲜花祭巧
就祭心头那一缕缠绕的香
牡丹随了春风，腊梅在等冰霜
青莲冰肌玉骨，怎么看，她都是神的床榻

用新摘的果子祭巧
就祭脸颊上那一粒悬而未落的清露
苹果犹带青涩，葡萄羞眼渐开
蜜桃红了一点，那也是被神点过的秋香

用新炸的馃馃祭巧
就祭煎熬着的，那一丝说不出口的心慌
鸳鸯成了双，喜鹊飞上房
花开娇人面，蝴蝶过短墙
巧啊，美好的，都是一双

用新生的豆苗祭巧
就祭万物心头那一丛生生不息的成长
娇羞了，婀娜了
那都是一面清水的镜子啊
什么爱她，什么就是她的天堂

8 9

一对黄蜡三炷香

香是通神的路，烛焰的心上有佛堂

人群中双唇紧闭，永不说出的一个

也被神光照亮

2016.7.14

卜巧

在一盆清水中占卜明天，
心上的那一缕忐忑，就轻轻晃动。

阳光有流水的躯体。
流水，也有阳光的心脏。

最隐秘的地方，光芒一直很晃眼。
那样的情景，曾经在梦中出现。

想什么，就认作什么吧。
流水偷偷搂了卵石的腰，
卵石的心，也一样慌张。

泉水里撒下花瓣，
不过是在期盼的心上埋下了羞涩。

花儿都为自己开了，
别人赐给的前程，还有人稀罕吗？

2016.7.13

送巧

河边送巧
巧，就是碎了的浪花

泉边送巧
巧，就是散了的云朵

村口送巧
巧，就是沿着玉米地走远了的背影

桥头送巧
巧，就是那个拨通，又挂断了的号码

心里想说的话，现在不说
就永远不要说了

心里想见的人，今晚不见
就永远不要见了

女儿没有返程身
一别，终究天涯！

2016.7.17

跳"麻姐姐"

"麻姐姐"是冥冥中的神，知过去，晓未来。

跳"麻姐姐"的人，是一座皮肉的轿子。
心诚了，"麻姐姐"会坐上去，"给黑眼的阳
间人指路"，心不诚，则会转身离去。

老去了的乞巧女，都经见过跳"麻姐姐"：
一村的老人小孩，跪下来，听"麻姐姐"讲述命运中暗藏的风暴
和闪电。

揪心处，"麻姐姐"三天三夜不下"轿子"。
人们眼睁睁看着一座疯狂的"轿子"倒下，而束手无策。

几十年过去了，村子里已经找不到能跳"麻姐姐"的人了。
花花绿绿的人群，似乎都是破败了的轿子。

在乞巧的七天八夜里，人们只能口耳相传，
一个知过去晓未来的"麻姐姐"坐着皮肉的轿子，

"为黑眼的阳间人指路"……

2016.8.15

最美巧娘

在所有唱巧的人群中间，不能唱的那一个，最美
在所有娱巧的人群身边，不能跳的那一个，最美
在所有乞巧的姑娘后面，老去了的那一个，最美

沸腾的乞巧人群像海水
而轮椅上，绣花的遮阳帽捧着的那一张笑脸出现
喧闹的声音，就都静了下来

2016.7.9

佛孔寺

佛孔寺赭红色的砂岩
像神仙的酒糟鼻

神仙醉了
孩子们就用读书声
去摸他的酒糟鼻

神仙醉了
佛孔寺的樱桃花
似乎醉得更凶

佛孔寺的花香鸟鸣毛茸茸的狗尾草，年年
去捅神仙的酒糟鼻
神仙，总是不愿醒来

吃完满树的樱桃，
孩子们就长大了
没有了读书声
神仙红红的酒糟鼻
红得
格外忧伤

9 5

2023.1.17

佛孔寺

佛孔寺
也叫"佛捆书"
相传，唐僧晒干被河水浸湿的经书在此重新捆扎上路
佛孔寺，也就成了劫难的终结地
正果的冲刺地

有人说，佛孔寺距离晒经寺太远
有好几十公里
可不把这风蚀的佛窟
和旷世修行相联
又如何交代佛孔寺身后十万大山的闪闪金光呢？

何况，几十公里的山路
对于神仙，也不过是抬了抬脚
一片山水
如果没有传说加持
再美的景色都是荒芜

何况，在大地的册页中
历史一直隐身
在被民间误读的错别字中
闪着神秘的光

2023.1.17

佛孔寺

佛孔寺，

在一座村庄的深处，在一条水泥路的

边上，在村委会高大楼房的

阴影中。

它的身后，

是赭红色的砂岩。

它的前面，五棵樱桃树，年年

花开如雪。

如果退后看，

佛孔寺，

就是一个醉卧的神仙。

花香和虫鸣

在捅他的鼻孔，来来往往的行人，

在爬他红红的酒糟鼻。

而听多了寺院学堂的读书声，

欢喜的童颜，

就一直圆润在泥土中，

醉卧千年,

也不愿醒来。

2023.1.17

佛孔寺

大红大绿的佛像
来自乡村艺人：
一种朴素的醒目
和暗示。

山顶上，
小巧的亭子来自后世模仿。
一种美学的苏醒
牵在一条幽僻的小路手上。

在这里
谈情的人
比参佛的人
更加可爱。

它是佛孔寺活着的部分，
源自朴素情欲。

像一个亭子，
举目，就是一座山的呼吸。
而窟中佛像

只不过是散佚的敬畏，

着彩的泥巴。

2023.1.22

一条穿过树林的路通向远方

去往西山梁的路，沿山脊而上，又在
峰回处折转，
消失在远处的几声鸟鸣中

密林以远，道路打开的苍茫
复又合在了一起

我常常想：更远处会有什么？

这样的痴问也是一条路，穿过人心
在未可知处，蘗生一条条照亮黑暗的闪电⋯⋯

2021.4.13

春天总是一片凌乱

山脚是雨，山顶可能是雪。春天
总是充满了惊喜和不可理喻
但这不影响半山腰的桃杏花如期开放
也不影响河谷里麦苗返青，油菜花金黄

春风在远处解读大地，清幽的河水
把山顶的薄雪
和沿途的花香载到了河谷

阳光斜照过来，清澈也是致命的
在一粒露珠的眼里，每一个凌乱的枝条
都是神要经过的通道

2021.4.13

102

神更爱一只雄性的红腹锦鸡

一只雄性的红腹锦鸡，信步在山林间
它的美，有不可抵近的威严

修长的尾翎被雕琢成花园
华丽的翅羽被折叠成闪电

当它在密林和我狭路相逢，清澈的目光
好像小泽征尔的指挥棒，划过了演出前的静

当它沿着林缘，缓缓向远方飞去
我看到了神的偏爱

2021.4.14

槐花小道

背靠一条开满洋槐花的小路
就像背靠生香的青春
侧身、噘嘴、剪刀手、托脸
清澈的眼神让弥漫的香气陡然变浓
而春天的风是个顽皮的孩子
老是掀她的衣角

可转眼，她就不见了
时间带走她仿佛带走一颗闪光的气泡
只留下那条槐荫遮覆的小路
年年五月，花开如雪，犹如盛大的怀念

2021.4.17

泡桐花开

1

泡桐花开了
紫色的泡桐花攒在一起
让粗壮的枝条弯下来
好像只有它们，才是春天的压舱石

2

泡桐花开了
满村子都漂浮着淡淡的苦味
这超出了人们对花朵的理解

3

花朵就要有花朵的样子
要好看
要香
甚至要娇气
要耐着性子慢慢长
但这都不是泡桐花

105

4

夏天，人们坐在泡桐树的浓荫中乘凉
夸赞园圃里的花朵
好像泡桐树根本就不存在

6

那一年，栽下它的人走了
人们砍倒泡桐树
为他做了棺材
送葬的那天，村子里的泡桐花都开了
好像是所有的泡桐树
在送自己的亲人

7

泡桐树也会把自己长成哭泣的二胡
每年春天，泡桐花开
村子外的泡桐树林里
都会有一把二胡彻夜哭泣
没人知道
这也是一棵泡桐树
在哭自己的往生

2021.4.20

成县篇

而寂静的山谷，并不全是死亡的弹唱

生命的欢宴散了，灵魂开始收拾摊场

尽管春光会把它们重新召回：花朵旋上枝头

叶子从枝条的肋巴破土

雨水攀上了太阳的悬梯，又潜入泥土的暗道

在冬日西狭的风中

1

满山的草枯了，花朵终成往事
寒冷的风心有不甘
一次次吹向过去

草丛里的叶子已经蜷缩
在爱的路上
即使干枯，也是那么美丽

风一次次吹动
一次次举着她们跑过
啊，这爱的胸针
别在风中

2

道路曲行、迂回
攀上绝壁，又探入谷底
如果不是往事终会留下深深哀怨
这一定是美景
拥抱了人心

可风吹一条无人的山路
像铺开了一条呼唤的红地毯
先是跑动的落叶
后面是，满怀忧凄的过客

3

深入这无人的山谷
不全是为了镌在石壁上的功德
我和枯草一样
总为下一个春天坚持

石头也在消损
也在风雨的侵蚀中碎裂滚落
再一次，枯草搂着顽石
像两个痴情的人，因为柔软而宽广

4

水从岩石上渗出来
如果说这是眼泪
一定是心被触痛

而时间总有一张苍茫的面孔和斑斓的心
没有谁的誓言，不在岩石面前
被风吹散

5

当一个人在石头上刻字
他的疼，会渗透到石头里吗？

6

人们终究不会在乎石头说过什么
想留住什么
人们只在乎时间还没有带走什么
或者，时间，已经带走了什么

7

而逝去的繁华，终会卷土重来
花朵会开满山坡

明天的蝴蝶一定不会是昨天的那一只
但这有什么关系呢？
爱是接力，我们握在手里的是痛
递出去的
永远是诱人的甜蜜

8

而一座无人的山谷，总会让人的内心安静下来
巨大的虚空中，命运神秘的钟摆悬垂着
像这岁末，在行将老去的人心头

狠狠敲了一下

9

总有一条走廊，紧邻活着；
总有一种存在，隐藏在时间的背面
在这空旷的山谷，我听到了训导
也看清了事物的原委，不禁悲从中来

有人总是机关算尽，把自己送上了断头台
有人自视草芥，珍惜光阴
有人以身涉险，自投罗网
有人举着头颅，摸黑过河
啊，天黑下来，在命运的渡口
有人打着红灯笼，在静静等候

10

而寂静的山谷，并不全是死亡的弹唱
生命的欢宴散了，灵魂开始收拾摊场
尽管春光会把它们重新召回，花朵旋上枝头
叶子从枝条的肋巴破土
雨水攀上了太阳的悬梯，又潜入泥土的暗道

而茎叶的大道上，生命一路欢唱
可此刻，万物都在静默中倾听训导
寒风的刀子不留情面
六道轮回中，万物被打成了泥浆……

11

前行的路上师从万物：
向一块沿沟滚落的巨石问好，称他为"兄台"
向一枚随水的落叶抱拳，劝她饮下今世未尽的情缘
向一朵流云卜来生
向一株惊雷劈残的老树问往世

万物的心上都有观音
在这寂静的风中，她有万物的面孔

12

从来处去
还是从去处来？

我希望前行的路上没有尽头
风吹到哪里
我就飘向哪里

2016.1.13

乙未冬日，携友游西狭

1

岁末。这风好像全部来自过去
来自那些让人伤感的记忆
时间在这一天，有了呼啸的感觉

明天会是全新的，充满了希望与期待
我却独自迷恋那过去了的岁月
好像一切爱，都留在了过去

通往西狭的，是一条碎石小路
车轮碾过的沙尘，风会把它吹走
有一些，落在了行人的眼中

沿途的人会回过头来
他们为这逆向的前进心生诧异
"那荒凉的山谷里会有什么呢？"

我也时时受着心的牵引，并不是去寻找
人世茫茫，没有什么是自己的
我也许只是去找一个地方，独自走走

2

冬日的山谷里，满满的都是寂静
风像孤独的扫路人，不时会翻动枯叶
这声响，总会让人想起这里曾经百花繁盛

我独自走着，并不凭吊万物
细看来，衰败和枯落也自有风韵
像人之将老，大气方成

而毕竟这里曾是繁华的道场
四处都有颠鸾倒凤琴瑟和鸣的踪迹
风会像点灯一样，将它们逐一唤醒

唯有孤独是恒久的
有些花，会在枯枝上再开一次
有些叶子，会在水底的淤泥中再绿一次

我不会让风将我吹动，但有小小的漩涡
会在心头散开，
像说不出的伤痛也荡漾成了花的形状
我只有将头低下来，到寂寞更深的地方去

3

曾经的栈道，在绝壁上留下了深坑
那些岁月的齿痕
仅供后来者瞻仰

尽管是朝着无人处前行，这仍然是一条

无数人践踏过的道路

它有水泥的台阶和伪装成树枝的栏杆

我无法拒绝一种现状的逼迫

也无法摆脱生活宿命的惯性传送

屈就着，迎合着，顺从着，并深深地厌恶着

我想去那人迹全无的荒野深处

却无法另辟蹊径。我想转过身去

拥抱人世上的真爱，却不得不在人面前伪装起来

像这进山的栈道，爱是一条大路

走到终了，也许只是一座绝壁

4

有一只鸟儿，在水边发呆

她华丽的羽毛让这冬日的溪水更加冷冽

她静静站立着，将心头的鸣叫

一朵朵掐灭

当我静下心来，世界也会抑不住地摇晃

而我心头的歌声，只会缘着绝壁上的冰挂

一粒粒滴下来

吹乱头发的风，也会掩住心头的碎裂之声

像那只站在水边的鸟
我看着她，像看着我的今生
时时陷入巨大的茫然之中……

5

冬日的西狭，还会有什么呢？
有心跳有温度的摩崖被三把锁锁着
远道而来，我只能看到囚禁

一道铁栅栏能延缓时间的流逝吗？
啊，这荒唐的人世，总是以呵护的名义
公然践踏

这多像人心中的道义
在公序良俗的袍袖中
藏着伪善和强从的弯刀

6

而我只是想独自走走
在这岁末的蛮荒和孤独中
在这死亡吹起的风中
我独自走着

没有目的，也没有方向
一切只是听从
一切只是顺应

像风搬运着一枚枯叶

像一枚枯叶，依恋着昔日的枝头
依恋着遍地的衰草
任风，将我再翻动一次

像一枚枯叶，也许心无所求
只是在这巨大的虚无中
再掉落一次

如果，心恍惚了
这西狭
又何尝不是别的山谷呢？

2016.1.13

西狭，西狭

动员青草，把绿带到西狭

动员飞鸟，把歌带到西狭

动员山泉，把幽带到西狭

西狭不是美景

是脚步经过时青草的恩情

西狭，西狭

化一只蝴蝶，顺着青草躺下

西狭，西狭

化一只飞鸟，在石崖上住下

西狭，西狭

化一只鱼儿，用游弋 的骨头留住她

西狭不是恩情

是鱼儿游过时石头喊出的疼

颂

大山刻着青草的铭文
石头镌着飞鸟的爱情
西狭，你说的那个人是谁？

羊毫征服顽石
秋风收割青草
西狭，远去的人在什么地方？

昨天姓李，今天姓什么
西狭，让青草和石头同时起立
默念三分钟

水磨坊

石头磨面，是今生的缘份

毛驴拴在门口
粮食扛在肩上
饥饿的是心

石头咬着石头
石头也饿

水打磨转，是三生的修行

2005.5.27

雨中谒成县杜甫草堂

雨水来自久远的诗句
和命定的颠沛流离。

山中橡栗已成林。
竹林遇雨，
仍会哭：
小声，
隐忍，
带着恩遇的澄澈和
一众野花。

一路赶来，
我们自带酒水
和诗句，
向云烟缭绕的历史鞠躬。

头顶不时落下残花，
仿佛有人，
一直在虚空向下抛掷。

2024.7.16

徽县篇

去过了银杏村，也去过了月亮峡，好风景让人心生惆怅

说好了，过了今天就分手，纵有千般不舍，也只能在心上设想一次浪漫

设想就此作别，在横江的吊桥边下车，朝着深山走，从此在山水中隐姓埋名

两个不辞而别的人，将会在多少人心头掀起巨澜？

山水作证，我们将带走所有的解释与答案

秋日留宿徽州大酒店

和城市有稍稍的距离是好的
可以步行
可以远喧嚣
可以慢慢走着，想一个人

夜，在秋虫的弹唱中静下来
不知是蟋蟀、朱蛉，还是油葫芦
在客房的幽僻处，它们高古而雅致

过了十二点，楼后面的公鸡就叫了
这是提醒未眠人，要熄灯

秋未深，青蛙还在
池水抱着明月，也在想人

2016.9.26

徽县的田野上，喜鹊在欢快地叫着

徽县的田野上，喜鹊在欢快地叫着
从一座村庄，到另一座
一架架小小的钢琴
嘎嘎嘎，闪着光，飞翔在徽县的田野上

它们成群结队，在田地里觅食、打闹
又飞到村庄的屋脊上唱歌
天黑时，结队飞过田野，返回树梢上的家

我看见它们时，它们正沿着高速公路飞翔
隔着窗玻璃，晶亮的眼睛里田野涌动
而一架高大的旅行大巴，却在它乌黑眼珠的中央
静止不动，像一场美好的旅行即将开始

2016.9.26

嘉陵江边

九月的嘉陵江，岸草未枯，江水清秀，
远远的一面山坡依旧如皴如染

去过了银杏村，也去过了月亮峡，好风景让人心生惆怅
说好了，过了今天就分手，纵有千般不舍，也只能在心上设想一
次浪漫
设想就此作别，在横江的吊桥边下车，朝着深山走，从此在山水
中隐姓埋名
两个不辞而别的人，将会在多少人心头掀起巨澜？
山水作证，我们将带走所有的解释与答案

多年后重新返回，那个心怀仇恨，咬紧牙关在等待答案的人，一
定还站在嘉陵江边
那一刻，我们顶着满头白发，一起感谢内心深深的爱和恨吧
感谢在这茫茫的人世间，我们终于再次聚首……

而过了九月，嘉陵江岸草渐渐斑斓，江水清秀，
远远的一面山坡依旧如皴如染……

2016.10.8

在伏镇 ¹

在伏镇，五谷的忠义飘在风中。
天子只是一杯酒，或匿形于水，或显迹于火，
一声召唤，人人都是慷慨赴难的义士。

花开是贞观，鸟鸣是开元。
一棵拧拧柏，看尽了岁月浮沉。
而青泥岭还在，蜀道却不再难行。

在伏镇，酒杯举起，大唐的月亮就浮了上来。
风中有盛世，扶得醉人归。

2019.5.5

1 付家镇，位于栗亭川中部，距徽县县城15公里，古为栗亭县治所之地，为陇上名镇、
名酒之乡，是中国名酒金徽酒的原产地。

梅崖瀑布

雨初歇
梅花瘦
瀑布正肥

崖底人家
有人大醉

2019.5.6

参观金徽酒厂，兼致 LM 君

神泉海眼

只待有心人

天下的五谷，会记住你的恩情

人生至此

不过水酒一杯

活清不易

活甘洌，更难

要那万贯家财干什么

举杯，是你

饮下，还是你

欲报家国

何处不是疆场

酒为粮食魂

终归都姓李

2019.5.6

酒海

用水，包火
用木头，包火
用纸，包火
一生难办的事情
都可以办成

一生说不清的事情
也可以说清
不信，且饮下一杯，两杯，三杯
再说
或许就说清了

2019.5.6

北禅寺

曾经香火很旺的北禅寺，
如今，和尚都不见了，
听说最后七位被人暗夜尽数诛杀，
案件悬而未破。
两千斤的大铁钟，颓然扣在地上。

钟声也是大路。
曾有人沿着钟声外出云游，
至今未归。殿内香火，
只是一条修心的小路，
鲜有人来。

四月的最后一天，七位诗人慕名登山，
想起死于非命的和尚刚好七位，
我不由得打了一个寒颤。

山脚下的清源河，流过栗亭川，
就叫嘉陵江了。

2019.5.5

暮春，酒厂听雨

满院的草木醒了，
它们都是饮者中的君子，
千杯过后，
花满枝头。

我有一个不眠夜，
更有一个落花满地的清晨。
树叶的背面，一只蝴蝶，
在等天明。

2019.5.8

月亮峡

离霓虹灯远的地方，
离月亮就近了。
月亮峡的水，来自月亮，
弥散着桂花的香味。
夜静的时候，
一只鸟鸣叫着飞过，
好像它也来自月亮，
正在返回那个闪光的巢穴。

2019.5.9

青泥岭

总有一个人，
在徒步翻越那座古老的山峰。
他终归是一个匆匆的过客。

也总有人，在此安家，
用山泉水酿酒，
醉了，就靠着明月躺下？

恨它的人，留下险峻的记忆，
走了。
爱它的人，掘隧取矿，
找到了好日子。

2019.5.10

诗　陇

南

两当篇

一群人，一直在走。

起初，是破衣烂衫，

渐渐，就走成了一行松明。

再走，就走成了满天星辰，

走成了一轮

浴血重生的红日。

那一夜

两当城里的枪声
响了。黑夜里，
几盏灯霍然亮起，几盏灯，
又悄悄熄灭。

被撕开的夜，
又合上了。
太阳寺的老槐树上，
惊醒的星群，
却再没有睡去。

总会有人，
对着长夜扣动枪机。

有人说，那一夜，
鸑鷟山上，
南岐锵锵，来仪锵锵。

那一夜，
一行松明，
摸黑穿行在秦岭山谷，
漫天的星辰，

紧跟身后。

那一夜，
登真洞里的仙人起身下床，来到棋盘石边，
与自己对弈。

2020.10.21

一群人一直在走

一群人，一直在走。
起初，是三五个，
渐渐，就走成了一群。

一群人，一直在走。
起初，是破衣烂衫，
渐渐，就走成了一行松明。
再走，就走成了满天星辰，
走成了一轮
浴血重生的红日。

一些人，注定要在岁月中走失，
但他们的心跳，还在，
脚步，还在走。

他们走啊，走啊，
走成了冲锋的号声，
走成了领航的雁阵，
走成了切开彤云的光，
走成了歌声中铿锵的部分。
但他们，还在走！

在大山的怒涛中，

我邂逅过他们；

在丰收的夏夜里，

我倾听过他们；

在庆祝胜利的泪花中，

我怀念过他们，

但他们，并没有停下来。

他们是鸟之两翼，

车之两轮，

是箭之一簇，

光之一束。

出发了，就永不回头。

沿着他们前行的方向，

希望，在汇集，

梦想，正在变成现实。

沿着他们前行的方向，

一轮红日，正在被他们坚实的臂膀

轻轻托举！

2020.10.3

在两当兵变纪念馆

此刻，是安静的，但时间中
有深巢。

有一些心跳，注定会带来温暖。
有一些脚步，注定
会在深长的暗夜带来光明。

但此刻，是安静的。
时间已经做出了回答。

在这辽阔的肃穆中，
光芒，轻轻落在一帧帧古旧的相框，
落在展柜中破旧的衣衫上，落在
一支依旧蹲伏着的
步枪上……

隐约的枪声再次响起，
一群白色的鸽子，从岁月深处
扑啦啦
飞了出来……

2020.10.3

两当河

两当河，源自大山的深处。
寒冷中，首先红起来的那些叶子，
两当河依然记得。
而我分明看到
整座大山，都把两当河隐秘的火焰
藏在
流向大海的浪花中。

2020.10.19

灵官峡

灵官峡的树叶红了，像一场
触目惊心的革命，从植物内部升起，
占领两岸挺拔的山坡。

很长一段时间，流过灵官峡的嘉陵江，
也是红色的，像一种流淌的火焰。

如果跟随南迁的雁阵飞越秦岭，
就会发现，在秋天，
穿过灵官峡的江水更像一支队伍，
沿途的山峰一路护送，为他们
让出了前进的道路。

2020.10.20

那些人

在甘肃两当的老南街，
那些人赶黑找到一座房子，
打地铺，或者和衣睡下。

那些人的睡眠紧贴子弹和死亡。
像一次次补给，
匆忙完成，又匆匆出发。

他们是一盏盏行走的灯，
运送光明和温暖。
他们或许会弄丢自己，
但绝不会弄丢队伍。

他们在需要的地方出现，
照亮前行，又悄悄离开。

2020.10.20

两当的街头遇见张果老

他还是原来的样子，山水穿在身上，
天堂写在脸上。
喜欢装死，又惧于做官。

碰见时，他正蹲在老南街口的棋摊上，
样子闲适，观棋不语，
又了然于心。

我求他赐我一粒仙丹，
无奈神仙的药，治不了凡人的病。
我求他指我一条长生路，
他却让我去吹广香河的风。

我想，这次不能放过，
便扯住了他的衣袖，他却转身，
从口袋掏出了瘦驴。

终究，我还是没能向他讨来什么。
过了广香河，鹭鸶山上云雾缭绕，
我就再也看不见他了。

2020.10.21

在云屏

在云屏，有一面坡开在山顶
就是开在神仙的家门口
群峰一退再退
给天上的月亮让出了舞台

月亮不在人间留宿
但留人的小木屋
是按嫦娥的审美建造的
神仙不住，就让我们来住
反正闲着也是闲着

小木屋在云屏
就是广寒宫在月亮上
谁住，都是与美好为邻
谁住，都可以当作神仙的眷属

松鼠蹲在窗口，那也是神的意思。
蝴蝶落在镜子上
就要给她足够的梳妆时间
花喜鹊敲门，你完全可以认为
是上天发来了幸福的快递

而穿过密林的木栈道，也一定
通往月宫。如果只身前往，
听到水声你就停下来
或许，那是下凡的仙女在沐浴

2020.10.23

深秋夜宿两当黄华驿听雨
兼致陆游

一场雨
穿过千年，
今夜抵达我的窗前。
你听时，花正开，
我听时，叶已黄。

千年，时间并不能把一个少年怎么样。
在我心中，
你还会深夜听剑铿锵，
发为报国而白；
想起爱过的女人，
依然泪雨纷纷。
而我，已被岁月深弃，
爱，成了往事沧桑。

但我们依然因为深爱而活着。
依然，因为一首诗，
相遇两当，
相遇黄华驿。

"小市孤城宿两当"，

150

夜雨漫天说陆郎。

我敬你一杯酒换取如火诗句，

弹压心中寒凉。

你赠我一腔热血，

继续触摸

祖国的无际边疆。

祖国，当我们爱着，

这缤纷夜雨，已把万千红叶悉数点燃。

2020.10.24

纪念馆

广香河，流过纪念馆时，就慢了下来。
庄严的浪花中，
有一群人的影子。

风，吹过纪念馆时，就慢了下来。
辽阔的风中，
有铿锵的脚步声。

阳光照向纪念馆时，一群鸽子，
飞过来，落在那些雕像的肩头，
闪光的金属，就有了温暖的心跳。

一些人，自远而来，在纪念馆停下来，
参观，敬礼。
当他们离去，
仿佛在内心带走了一支浩荡的队伍。

2020.10.26

两当

打过几次喇叭，长途客车还没有启动。

有一个人，正在来的路上。

打过几次喇叭，长途客车还是没有启动。

有一个人，还在来的路上。

这就是两当。

一辆客车，知道所有人的出行。

人们都不急。

司机索性熄火去街边抽烟。

广香河也不急。它从一片林子流出来，

又朝一片林子绕了回去。

这就是两当。

时间慢了又慢的地方。

这就是两当。悠闲的人群中

忽然就会遇见神仙的地方。

一辆长途客车，迟迟不发，

还在耐心地，等那个还在路上的人。

2020.10.26

康县篇

海棠遇见流水，三月的阳坝就遇见了轻狂

好日子总有一颗失重的心，或轻轻掠过树梢远去

或顺着光滑的青苔跳下来，跳下来

欢乐因为短暂而碎为笑声，碎为缤纷的落英

流水扭曲的面孔被阳光抻细抻长

又在转弯的地方平息，聚为幽深而冰凉的梦

在海棠谷过夜

海棠遇见流水，三月的阳坝就遇见了轻狂
好日子总有一颗失重的心，或轻轻掠过树梢远去
或顺着光滑的青苔跳下来，跳下来

欢乐因为短暂而碎为笑声，碎为缤纷的落英
流水扭曲的面孔被阳光抻细抻长
又在转弯的地方平息，聚为幽深而冰凉的梦

夜深了，以梦为巢的鸟儿守着流水的呓语
繁复的枝蔓被风吹拂
石头就有奇痒难耐的心动，应和流水的撩拨

一生究竟有多长？晃眼的阳光藏着难言的心碎
醉了，就把满天的星辰吐出来

邂逅的蝴蝶不是花朵的房客
谎言的嘴唇只是说说而已，三月的海棠却铁定了相随的心。

水流经过红豆谷

在锯齿形的道路上，曲折的流水有着蜿蜒的相思
哪怕落叶的唇印吻遍鲜亮的纤腰
春天来时，她还是要转身离去

崖畔上的红豆、香樟，争相投下大面积的阴影
倒在水中的树干，还是找到了新生
石头都凹进去了，还能在乎两岸应景的花朵吗

时间总有湿漉漉的鼻息，往事的青苔
数千年来一直向高耸的枝条攀爬
它并不在乎竞艳的花朵究竟是装扮了春天
还是让她更加心碎

象形的红豆被爱情借代，她血红、类似于心的外表
在秋天将悉数落下来，被水流向远方

五阳路

从五马乡起步，到阳坝镇

一条路，沿线穿过了古老农业的

手工流程，穿过了百家姓中

普通人的血脉，穿过了古老风水中的

山形地势，穿过了

古老民谚、梦，以及卑微的祈福

当人们叫它五阳路时，六米宽的阳光

刚刚穿过一块冰冷的石头

到达五马河的另一岸

五马乡一定不是只有五匹马

每一个村庄，都是一个不停前行着的马帮

阳坝，也一定不是堵截

温暖和风景一样，在此汇聚成潭

又漫散开去

五阳路，更不是一条今天才有的路

沿着新劈开的石头，尖叫的流水

我们抵达梦想之前，首先抵达的

是坚硬、蛮荒

而后，才是唤醒

对，是唤醒。

一条路一路艰难穿越，一路

大声疾呼

阳光也有了飞瀑的声响

风光，也由模糊而开始旖旎

山光水色中，女娶男嫁

爱情好像起伏的茶园

每一枚叶子都在苦中作乐

而"打到西安去，坐沙发

吃饼干"的皇帝

不过是几个被山水围困的山民

说了一句让整个世界都苦笑的呓语

可他们毕竟连汽车也不曾见过

山水会发笑吗？

蛮荒和风景究竟有什么区别？

愚昧和淳朴，真的是两种截然不同的事物吗？

我们一次次发问，一次次

被秀美山水的伟大沉默冰冷挡回

今天，五阳路是最深刻的追问

它用钢钎、铁锤、风钻

乃至炸药、雷管

要替时代说一次硬话

它第一次用风驰电掣来说变化

用抓铁有痕来说誓言

甚至，它要将被时间弄丢的山水

接出大山，去西安看看

去更大的地方看看

同时，接出来的还有
茶马古道上的马帮
茶叶、黑木耳、当归、核桃、猕猴桃
以及长歌当哭的悲壮

当五阳路和武九高速、武罐高速、兰海高速、十天高速
乃至成渝铁路、成兰铁路、成州机场接轨
我似乎听到了庞大国度沸腾血液的流动
有了火焰舞蹈的声音和节奏。

而五阳路只不过是陇南山水中的一次美丽心动
不过是十万大山对世界的一次窥探
或者，不过是一次小小的点燃和激活
而伟大时代的闪电，必将一次次光临
五阳路沿线古老的村落和民谚
光临被时间撂荒了的秀美
光临那些男人们的盖头，和吃饼干的
皇帝们的梦

五阳路，不仅仅是从五马乡
到阳坝镇
而是从陇南，到中国到世界的一次辉煌接通

2015.1.10

梅园

如果眨动，梅园就是一只幽蓝的眸子：
草深处，彩蝶晒衣；水碧时，蜻蜓晾翅。

如果跳动，梅园就是一颗勃动的心脏：
石头上泊下宿雨，树叶上升起烟霞。

如果转弯，她回了一下头。啊，那湖面上的山峰
就会晃动；那树林间的石板路，就会轻呼一声"哎呀……"

不止一次走过的路，注定也不是最后一次
不止一次投宿的客店，却只此一家

深夜抵达，为我开门的女孩，穿碎花的青衣，扎麻花的辫子
她回头浅笑的门口，写着"梅园人家"

2016.8.1

流水的镜子里，村庄都有新的称呼

从一座村庄，到另一座，流水经过了剪裁
不再是沿着一条浣纱的老路，流经门前，而是
划着垂柳和阁楼的倒影，去村口徘徊

千百年来，村庄第一次，在一面流水的镜子里
打量自己
渐渐淡忘了别人喊他"老乡"，而日趋习惯
人们喊他"老板"

不是土地的老板，也不是庄稼的，而是
一座座仿古客栈的老板，一家家土特产专营店
的老板，一处处酒楼，和"农家乐"的老板

仿佛刚刚脱去长衫，他们脸上的笑羞涩、恍惚
手足无措又无所适从
但不管是否相信，他们苦过累过痛过恨过
又深深爱着的那个村庄，已经离他们远去了

甚至，在孩子们幼兽一样的眼神里，他们
已经集体，被一个全新的时代，远远抛在了身后

2016.8.3

山重水复的后面，藏着的是惊喜

白云山不曾长高，燕子河依旧优雅。只是
依山傍水的路，阔了，直了。
每次行走其上，悬着心的呼啸
都会让人深感时光陡峭

从一个村庄，到另一个，沿途的墙壁都是涂抹过的
梦是什么样子，墙上的图案就是什么样子
路边挺直了胸脯的竹子，也和我一样
从内心，对一个时代葆有了足够的敬意和顺从

而一条穿山越水的路，总是曾经逼仄和坎坷。即使
在十万大山的怒涛间走失，它也会很快把我们送回来
沿途景致殊异，牛羊彬彬有礼。过河卒一次次指错道路
我想他是故意的。我不说，我也乐得其错。

而在康县，每一处山重水复的后面，藏着的
都是惊喜。风来群山动，云过野鸭凫。
一条覆满了青苔的林间小路
也许，会藏着人心上的魏晋，和山水间的秦汉

164   2016.8.15

大水沟的早晨

拉开窗帘，山峰就会飞进来
那逆着光的叶子
是它小小的翅膀

溪水边的鸢尾花，像折叠的另一座峰峦
蝴蝶把爱情的小院
修在了花蕊的最里边

在大水沟的农家客栈里，左边的房子住着水声
右边的房子住着鸟鸣
早晨的山风吹过来，它们就都成了摇曳的火焰

2015.5.14

路边

路边的鸢尾花有两种颜色，
紫色的更加招人疼爱。

三叶草永远是公园里的闺蜜
她听过无数甜腻的耳语

篱墙外的豌豆花总有好看的喇叭裙
穿过宛转的走廊，就飞上了天空

流水穿过大大小小的卵石，也穿过了密密的竹林
可它，还是那么清澈

山坡上的山楂树正在孕蕾
仿佛盛大的爱情，刚刚拉开序幕

一只喜鹊在晨光中落下来，蹦蹦跳跳
又嘎嘎远去

而在进山的小路转弯处，我看到了私逃者的背影
好像喜鹊，也带走了他们的秘密

2017.5.14

夜宿康县大水村

白天见过的鸢尾花
夜里会变成抱枕

路上向你回过头的那个人
梦中会变成水声

寂静一直在流淌
它让整座山谷都飘满了月亮的香味

下榻的乡村客栈刚刚建成
洁白的床单像初恋

2017.5.13

认识一只鸟

认识一只鸟的羽毛
未必就认识一只鸟
羽毛不是鸟的全部

认识一只鸟的叫声
未必就认识一只鸟
叫声也不是鸟的全部

认识春天的鸟
未必就认识秋天的
四季的鸟都有不同

在康县大水沟
一位在地里劳动的老人告诉我
那树林深处叫着的是杜鹃

此前，我以为我了解了杜鹃的全部
我却并不知道
每个季节的杜鹃叫声各有不同

这样的说法后来得到了专家的确认

而老人告诉我，春天，杜鹃只叫自己的苦恼
其实，这也是我所不知道的

2017.5.25

水边

山沟流水在石头上像一种假象
我分不清它是向上
还是向下。它悄悄聚拢
更像一种沉睡

小小的鱼儿，悬浮在虚无中
它好奇地打量你的眼神
和水底鲜艳的落叶构成了梦

青苔更像时间，它不仅
会沿着树干爬上枝头，也会
沿着石阶朝屋子爬去

稀疏的阳光穿过密林，青苔中
就激起喧闹，它们小小的身躯
斟满浅浅的阳光，相互致意
啊，这美好的人间！

在朱家沟的水边上
我静静坐着，感受时间慢下来
也感受柔软的青苔爬上脚面

2018.9.19

有蝶来兮

空气中
有芳香的线路

水边上
有花朵的私语

临水的客栈里
灯光，也有一颗芳香的心

风吹过，不仅案头的山马兰会动
头顶的星空，也会

今夜，石头也有一扇柔软的门
在等远涉山水的蝴蝶

2018.9.20

宿朱家沟听鸟夜啼

至少，有三种不同的杜鹃，
在山林的浓黑中啼叫。

至少，有两种不同的猫头鹰，
在灿烂的星空下参与其中。

至少，有一条溪水，
来自屋后深山。

至少，有四颗星星，
落在了门前的燕子河中。

有那么一会，噪鹃的声音格外明亮；
又有那么一会，东方角鸮的叫声盖过了它。

但屋后的树叶，直到天亮才停住了私语。
黑黢黢的山林间，明灭的不仅是小小的星星。

而红尾鸲在房前的麻柳树上鸣叫时，
天已经麻麻亮了。

风不停将洋槐花的味道吹进窗户，

像一个从山野归来的人，
发梢还沾着晶莹的露珠。

2022.5.7

天鹅湖

天鹅湖边，我看到了天鹅
三只，黑色，像是一家。
它们在湖面游动
湖水的蓝，就似乎在不断加深

它们朝着游人游过来
身后跟着鱼群
而白云落在湖底，像在燃烧

在这汹涌的春色中
天鹅湖像一面平静的桌子
倒影围坐，而天鹅的野性正在不断弯曲
当它将鲜红的扁嘴伸向岸边
仿佛是将一束火苗
交予了岸上小女孩的手中

有人打开手机播放《天鹅湖》
我庆幸在这蛮荒春色中人们对美的认同
仿佛贝尔加湖的月光
落在了梅园

溯游而上，在海棠谷

我找到了天鹅湖的前生
是一挂洁白的瀑布悬在青黑色崖壁
而那些激愤的石头
已经在时间中一个个长满了青苔

2022.5.12

桂花树

树活百年就有了灵性

活过千年，人们就会在它的枝干系上红绳祈愿。

康县桂花庄，一株 1500 年的桂花树

成了一庄人的神

它枝阔叶茂，静享天恩

流过它身边的溪水，汇聚起来

可以漂起整颗地球

它开过的花朵，如果堆起来

就是另一座金色的山峰

没有人愿意去推算它胚芽初绽的朝代

对于一棵树来说

对风雨的记忆永远甚于人事变迁

它甚至更愿意身前身后

无尽的浓阴埋住自己的身世

但它毕竟遇到了好时代

可以漫不经心躺着

就能远离斧斤，开出金色的花朵来

对于一颗树龄 1500 年的桂花树

每一条挂在枝头的红绳都是会心一笑的私欲

唯有小小的花朵，才是活着的历史

2022.5.12

禾雀花

禾雀花是藤本植物

必须有所依附

才能得到想要的营养

康县桂花庄的禾雀花

依附一颗高大的枫香树

花朵缀满枝条

很显然，禾雀花并不好闻

但花大如雀，色如僧衣

百度有"通经络、强筋骨"的作用

但现实中禾雀花并无多少用处

它只是择一方山水

静静花开，又静静落去

它的存在，就是它全部的意义

2022.5.12

山中

车行山中，如舟浮海上
我有足够的时间
体验一只蝴蝶
把绿色的风披在身上

花朵的香是免费的
溪水可以让石头长出青苔

穿过树叶的阳光
还带着古老的芒刺
但不再蜇人。它可以是
藏身浓阴的一粒鸟鸣
也可以
是悬在草尖的一滴滴清露

翻过一座山
会看到更多的山
正在涌向天边
转过一条沟
会看见世界
在用清凉的阴影行走

179

经过一个小小村庄时
我停了下来
在那个咯咯咯笑着
追赶母亲的孩子身上
我看到自己走失的童年

2022.5.13

一枚虫茧

它悬在树枝上

曾是一座精美宫殿

但现在人去室空

它的主人，或许还藏在不远处

但显然，它已被丢弃

椭圆的造型无限放大

就是一个宇宙

规整又精巧的结体

还原成公式

就是无数杰出的学科专家

我端详它时

阳光正在每一个

不可思议的结点种花

而茧破处

隐隐传来琴声

2022.5.13

九月的蝴蝶

九月的花园里，花朵还在绽放，
而飞舞的蝴蝶已经时日不多。

不能说他们都是爱情的化身，
美好的事物只能让人心碎。

九月的花园里，没有一只蝴蝶的彩翼是完整的，
他们扇动的，不过是青春残存的记忆。

2022.9.6

一线天

石头分开，
为一对伤心的蝴蝶让路。

万物侧身，
为爱让出天空。

流水跟在身后，
不再回头。

2022.9.6

茶 · 梅园毛峰

……是薄雪压着的早春。

……是宿雨初晴的烟岚。

……是琥珀色的记忆里
悬着的
那枚月亮正在消融。

……是青春的一张脸
闪亮在
往事的夜空。

……是一群人
唱着打锣鼓草的调子
消失在大地深处……

——是我把阳坝
泡在一杯滚烫的水中看山河起伏
人笑如菊

2022.9.8

雨中的芭蕉树

雨水让她更加青翠
像一座
隐身的桃源

如果忽略掉雨声
她就是一件乐器
有着爱情天然的音色

如果让她走动
她就是一阙
婉约的心跳

现在，老庄村的山坡上
栽满了芭蕉树
我一眼就看到了哭泣的那一株

她一直冒雨站在那里
一动不动
像一个归途

2022.9.9

185

天鹅湖

布满波纹的湖水
是一座倒影的天堂

游弋的天鹅
是爱的幻觉

风揉皱的美
天鹅在努力抚平

2022.9.9

龙头山瀑布

龙头山
瀑布是它的心思

出山的流水
未必都心怀大海
有些水转过山谷
就又沿着草木
悄悄回到了源头

龙头山瀑布
是一群欢快的孩子
在练习跳水

2022.9.9

红豆谷

红豆谷里
落红豆，
也落寂寞。

时间会变老，
连理枝
也会丢开牵着的手。

没有那个
抛红豆的人，
寂静，
也是一种荒凉。

2022.9.10

阳坝老街

街道老了，记忆并未老。

沿街的木阁楼
只是多了时间的包浆
从梦中走来的人
依着小轩窗
熟悉的侧影像一弯明月

回忆无法拆除
有些人永远住在那里
我只有一个人走着
才能成为他们中的一员

而九月的蛐蛐
已把琴搬进了室内
这豪奢的欢迎
用尽了满天星光

灵魂并不需要宽敞的房子
日子永远是时间的废墟

一条烟火熏染的老街

当你走近
那些逝去了的人就又开始走动

2022.9.10

月牙潭

月亮又挂在了窗外
似乎带来了月牙潭的问候

除了赞美
我无法像一株古老的麻柳树
把柔软的枝条伸向水中的天空
我也无法和潭心的卵石，称兄道弟
用时光的腮呼吸

在美好的事物面前
我永远是一个忧伤的过客
遇见，又默默走开

月牙潭以下是梅园河
以上是天鹅湖
再往上，就是挂在天上的月亮

月亮，喂养着我们再次相逢的想象

2022.9.11

191

阳坝

月光，汇成湖泊的地方
烟岚，长成茶树的地方
歌声，唱给青草的地方 ¹
花轿，抬回新郎的地方 ²
一对黑天鹅
放弃远方
认下了故乡

开门是历史，关门是梦乡
进山的小路上，遇见来人
无须打量
不是来自**魏**晋，就是
来自盛唐

2022.9.11

1 康县阳坝茶农劳动期间有唱"打锣鼓草"的习俗，类似劳动号子。
2 指康县阳坝"女娶男嫁"的婚俗。

传说

传说，二郎神的哮天犬
私逃下界，变成了石头
藏在了阳坝乱山子
我打问过阳坝街上的流浪狗
这并不可信

神有神的去处
狗有狗的群落
在阳坝的街道上
流浪狗都像散养的童年
闲适、快乐、自足

阳坝人爱狗
但不把狗当宠物养
家家都有一口留给狗的吃食
这好像并没有什么奇怪的
在迎娶新郎的人群中
狗狗也兴奋得像个孩子

人间如此美好
谁又愿做什么神仙呢

193

2022.9.11

打锣鼓草

——康县阳坝田间地头的劳动号子谓之"打锣鼓草"

打锣鼓草

锣鼓在追

草在跑

麦子藏下了王不留

玉米藏下了蒲公英

茶树藏下了车前草和打碗碗花

人间寂寞

锣打锣的

鼓打鼓的

草长草的

2022.9.18

见红豆谷"连理枝"有感

爱容易致幻
以致对树木产生幻觉

一只不松开的手
不是爱
更像爱的梦魇

爱是吸引衍生出的
无限空间

是撒开手，微笑着
看你飞

而不是一方
对另一方的限制
与占有

2022.9.17

连理枝

两棵树，并肩多久
才会产生缠绕的冲动？

过红豆谷时，那个女孩趔趄了一下
我刚好握住了她的手

爱在时间中修路
度一切有缘的因果

2022.9.18

宕昌篇

飞鸟衔来的种子，已经长成了大树，

擂鼓山，还在坚持。

对于倾心的事物，

时间，从来都不是对抗。

娥嫚湖里，浮云聚散，飞鸟去还，

擂鼓山擎举深情，不知疲倦。

你不来，官鹅沟的雪就要化了

下了一个冬天的雪
等你，道路就叫初心
树木就叫白头

下了一个冬天的雪
石头已经柔软
崖头悬冰，也蓄足了阳光

喜鹊飞过
万物的心头闪过一丝光亮

这是冬日的官鹅沟
树木让出了道路
群峰让出了天空
你不来，官鹅沟的雪就要化了

这不是一朵雪花的心碎
也不是一株树开始流泪
而是一面坡的心碎了
一条沟，都在流泪

深情到了绝望

雪花就没完没了

洁白的念想堆在路旁

一次次为爱设下盛大的道场

2018.1.20

在冬天，不要轻易对一朵雪花说爱

不要去握她的纤手
不要去搂她的细腰
我们的手上
有罪孽

不要用饮了酒的嘴唇靠近她
不要红着眼睛说爱
精致的谎言
都有致命的漏洞

爱了，就远远看着
不要说出来

爱是一种假象
是无助的消失
和锥心的寒凉

2018.1.21

雪雕

让天空盛开的花朵
在你的指尖再盛开一次

让大地上正在消失的美
请它停下来

用寒冷的花朵，堆一个太阳
它的暖有直入人心的芬芳

用十个手指的疼，堆起爱
十个手指，都有火焰的喷泉直通心脏

2018.1.21

雪地上的蝴蝶

不是落雪了，春天就一去不返
女儿的围裙上
有永远都不会褪色的春天

不是落雪了，寒冷就统治人间
男儿的面具上
一直升腾炽烈的火焰

沿着官鹅沟的积雪往前走
美丽的蝴蝶遍地飞舞
那含羞远去的一只叫娥嫚
那紧追不舍的一只叫官珠

2018.1.22

冰瀑

水的前世，悬挂绝壁
———一排排干净的笙箫！

光芒的嘴唇吹一个虚无世界
像吹一个婴儿酣恬的梦境

唯有彻骨寒，方得绕指柔。

官鹅沟寂静的山谷里，
光的中心万物倒立旋转。

2018.1.25

传说

雪落在雪上
水流在水中
树林藏着旧梦

鹿人村不是禄仁村
雷姆寺不是櫺木寺
时间，藏着它的秘密

一串脚印连着一张俏脸
一个倒影捧着一轮明月
鹿人遇见雷姆
传说，就遇见了爱情

2018.1.26

在天池

浓雾困住了小舟，树木身陷寒凉。
水面的一对白天鹅，是人间两扇温暖的窗户。

在天池，就是在云端。
有人在等一声允诺，有人，
在等一抹光。

有人，在水边久久站立，
好像时间也已老去。

2018.9.21

擂鼓山

擂鼓山一直在向上生长，
努力要成为离天最近的地方。

飞鸟衔来的种子，已经长成了大树，
擂鼓山，还在坚持。

对于倾心的事物，
时间，从来都不是对抗。

娥嫚湖里，浮云聚散，飞鸟去还，
擂鼓山擎举深情，不知疲倦。

2018.9.23

水面

每一次靠近，都会颤栗

有时是托举
有时是搅动
有时是慌乱
更多的，是不经意的伤害留下的划痕

湖水的心碎了，
幸福的天鹅并不知道
她离去的背影如一滴眼泪正在滑下脸庞……

2018.9.30

娥嫚沟其实就是大河坝

官珠是一个人
娥嫚，是另一个
爱情，是用臆造的传说，织一件绚丽的婚纱

是落地生根的石头
是逐香远走的天涯
是嫁给你，就默默随你回家

给你洗衣做饭
给你添茶倒水
横下心，为你生儿育女
受了委屈，就把脸贴向你的胸膛

其实，娥嫚沟就是大河坝
不是只有官珠和娥嫚才是爱情
爱是命里的庄稼
成熟了，总会有人收了它

2018.10.5

爱

爱是遇上

是等待

是一场大雾扯起来

是乌云聚

是光乍裂

是一对对莲花水面开

是金刚怒

是佛颜开

是人群中一抹羞颜转过来

是面对面

却装作不理睬。

2018.10.5

官鹅情语

用一条沟安放爱情
流水，会比一生都长

树木越活越年轻
爱，是它生生不息的叶子

石头为了飞起来
一直都在放弃棱角

我沿着河谷向前
在没有路的地方坐下来

等光出现

2018.10.20

鹅嫚天池，或者泽荡湖

在鹅嫚沟九盘梁，泽荡湖的蓝接近天空，
却比天空更幽深。

它占据人间高地，又在一座山的心上挖坑，
安放那些飘忽的云朵。

湖水并不辽阔，但足以装下身边的一切。

在湖水的内部，月亮升起，
像一座金色教堂。

2019.7.22

水中

我爱一切反向生长的树木
甚于爱所有向上攀附的枝条

我爱一切默不作声的相守
甚于爱喧闹的抬承

我甚至爱鱼悬在水底
甚于爱鸟飞在高空

我爱着的世界布满皱纹
却总是活力无限

我深深爱
正如我久久站立

我爱一座深渊
甚于爱人间

2019.7.22

沐林怡之夜

夜晚，只是天黑了
有你坐在对面
月亮，才会从酒杯中升起

昏暗的灯光和酒
都不适合爱情
爱情老了
生活才活出了味道

为遇见干杯
为没有说出的话干杯
为涌起又咽下去的泪水，干杯

人只有醉了
才能把那枚金色的月亮带回家

2019.7.22

214

礼县篇

流水修改过的大地

野草重新将它恢复

身穿麻布衫的人踩着埂界走过来

又渐渐远去

翻过山梁，就像逃过了命运的牵绊

再也看不见了

我怀疑那梦一样的身影

从来就不曾在大地出现

大堡子山行吟：
浮云书写的锦绣（组诗）

　　在上个世纪九十年代，甘肃礼县"大堡子山"曾经被盗墓者疯狂盗掘，大批精美的青铜器以极为低廉的价格贩卖到海外，离开了铸造它的国度。当这些流落的文物因证实秦西垂宫的存在而揭开秦人第一陵区这个千古之谜，海内外考古界被震惊，可"大堡子山"只剩下空荡荡的土坑和散落在草丛里的陶片。

——题记

翻穿羊皮的人

河谷里放马
山梁上筑城
看得见的鹰鹞越飞越远
看不见的帝王
隐身蒿草斜阳

大堡子，蹲在山梁上
只能用来怀旧
或者充当野兔和雉的城堡

一万座山峰时时被风吹乱

惟有晚归的牧羊人
身披羊皮大氅站在风中

荒草的耳朵

多少人被黄土湮埋？一定比活着的多
所以，吹过大堡子山的风总是显得拥挤

向荒草借耳，就听得见马的嘶鸣
那都是世上的奇骏
往返间，山梁一直像刀锋

好风水看得见兴废沉浮
但都不说出
站在高处远眺，未必人人都有勒缰的豪迈

左手一条河
右手一条水
大堡子山就将头高高地昂起
有人就此坐化
有人却滚鞍下马，低头袖手
消失在山脚的村落……

东边的村子叫课寨
西边的村子叫赵坪
西垂消失了
百家的姓氏，个个都是厚葬帝王的坟茔

龙脉

绵延的山梁起伏怎样的龙脉？
家家都想出天子
可每一寸黄土下都挤满了壮志未酬的尸骨

东向的河川多水草
西向的群峦出贼寇
青草的路上跑鹰鹞
蒿草的河边长江山

千寻黄土，掩埋的只是青铜铸就的糊涂遗愿

奔跑的骏马只是悲壮的开头

做不了王侯，就做幸福的草民
把流经的河水扶起来

盐官川水草丰茂
适宜于熬盐、放马、种庄稼
阳光饲养的树叶
饱含井盐的情意
西汉水流经此地，总是柔肠百转

回忆催人老去
淡淡的盐香却增加了历史的味道
总有一天，风会把饱满的籽粒带到中原
而善于奔跑的骏马

219

只为辉煌的巨著起了个悲壮的开头
剩下的书写交与流水
每一朵浪花因为托付而闪出光来

又是几个千年

大堡子山上风云变幻
大堡子山下牛在耕地马在奔跑
乖巧的绵羊为了佐酒而肥美

习惯了靠天吃饭的人
并不在乎灵魂能飞多远
一只只鹰鹞凌空而上，却又铩羽归来
蹲在高高的堡墙上
这一出神，就是几个千年

生活在乡村
常把披着黑斗篷的恶老鸹当乡绅
对于丢失的羔羊和小鸡
只能归咎于命运多舛

奈何不得虱子爬上了发梢
就把它当做苦日子里的穷亲戚
不要期望漫漫岁月带来温暖
冷了，就用草绳扎住漏风的卧龙袋
这一忍，就又是几个千年

浮云书写的锦绣

流水修改过的大地
野草重新将它恢复

身穿麻布衫的人踩着埂界走过来
又渐渐远去
翻过山梁，就像逃过了命运的牵绊
再也看不见了
我怀疑那梦一样的身影
从来就不曾在大地出现

一声一声的花儿
如今只在梦里鲜艳
要不是这蜿蜒的山梁
抬脚踩住了渐渐倾斜的绿
一朵一朵的云影，会将它们全部偷运出村

风吹动的，永远是内心的敬畏吗？
阳光簇拥的浮云，却把锦绣
写满了山川

青铜

冰冷的青铜，更接近于谁的容颜？
西垂铸鼎
盛放的永远是贪婪
两千年，除了金子还在远处疯狂

大堡子山，依然荒芜一片

寒鸦并不避讳姓氏的尊贵
倒是遍地青草
充当着那些生殉的代言

为什么要将罪责归于洛阳铲？
无数人间奇骏并非热爱肉联厂
可它们却不得不低头引颈

记忆的红斑绿锈总会找到附着的白骨
而大堡子山的青草岁岁不息
却是听到了每一朵云影发出的长嘶

空城

头戴堡子的小山丘
是否也是落难的盗墓青年？
破碎的陶罐不是梦
布满了红斑绿锈的青铜更不是

两千年的风水
并没有等来虚幻的荣华
而厄运早就注定
森森白骨能说些什么？

222

拥抱过王的黄土，也拥抱着草民
养活了秦的庄稼，也养活着犬戎

漫漫岁月，爱恨握手言和
如果没有第二天的太阳
我们还在等待什么？

大堡子，仰面朝天
尊荣早就成了漫漶的泪水
一座颓圮的空城能生产多少活命的粮食
倒是山前山后的果树
复活了无数卑微的心跳

另一种荒芜

起伏的山峦，是否就是浪花的另一种形态？
用怎样的速度回放
才能看清大堡子山的沉浮？
和每一块岩石相比，人是多么易碎
转眼间，我们就成了落单的姓氏

两千年究竟有多长？
从大堡子山出发
东进的队伍还没有来得及回头
就只剩下苍凉的记忆和西向的坟堆

那些驮运过帝国的马匹
如今只是一粒粒生僻的汉字
蜷伏在字典的注释中
没有了它们，所有的繁荣
都只是荒芜的另一种解读

悠悠西汉水，茫茫盐官川

没有等待，也没有谁归来

引以为荣的历史

只是一支遗落草丛的瘦弱马鞭

和一座荒僻土丘的相对无言

瓦蓝的天空下，鹰在漫步
（组诗）

观阵堡，只是一座荒芜了的时光鸟巢

站在长满了荒草的观阵堡的堡梁上，
风会把古老的心跳吹过来。

万千战马裹足衔环，
遍体甲胄的兵士屏气凝神。
一千七百年，他们，似乎还藏在风中。

堡墙以远，田间小路上奔驰的三马子，
早已不分蜀魏。
陌上相逢，沉默中，递来一卷呛人的旱烟。

坚实的堡墙，只是荒芜了的时光鸟巢。
一页鹰翅，悄悄滑过沉思者的额头，
又遁入草丛。这岁月的探马，
日日，逡巡在瓦蓝的天空下

2012.8.27

祁山堡上，鞠躬尽瘁只留下漫漶时光

登上祁山堡，就登上了悲哀的肩膀。
千年一叹，
鞠躬尽瘁只留下漫漶时光。

渎职处处都有，
有人却爱独享凄凉。
年轻的乡长，天天忙着迎来送往。

本想垒筑雄心，
安葬的却是一声浩叹。
蜀相走了，
那前呼后拥循迹而来的张望者又是谁呢？

占卜的道士，
为那些叵测的卦签早早准备好了足够的溢美之辞，
谁掏钱，就给谁一份慰藉。

2012.8.27

孔明柏，是一株参天的古树

满坡都是柏树，要找到叫"孔明"的那一株，
只能依靠村子里的老人。

口耳相传，是一座不朽的碑。
一千多年来，落草民间，才是最好的守护。

扶不起缺钙的江山，

就种一株长寿的柏树让岁月来仰望。

雨来擎伞，风来摇扇，

粒粒鸟鸣，

可做种菊南山。

六出六进，怎能挽回人心的颓势。

江山自古多小人，

尽忠君王，只能是一场悲哀的辉煌。

祁山易登，孔明难寻。

眼见着山脚下车来车往，卷起的却是尘土飞扬。

2012.8.28

点将台，只是适合看落日

点将台上，风吹蒿草，

不停地吹，

会吹醒什么？

群山，在起伏中老去。

明月，在等待中常新。

风雨削不平的点将台，只是适合看落日。

没有茅庐三顾，怎会赢得痴情六出？

如今，纵使蜀相归来，

这长天之下，又该如何高声点数？

雄心从来都托不起下沉的落日，
何必要为遥不可及的事为难自己，
活着，就是一种壮举。

食手植的菜蔬，饮天赐的清泉。
月朗风清夜，和墙角的蛐蛐唱和。
只要胸中有乾坤，指点什么，都是江山。

2012.8.29

爱情飞地（组诗）

题记: 长安县是礼县和宕昌县交界处的一方"飞地"，权属上属于宕昌，而疆域又全部在礼县境内。该地风光秀美，气候适宜，常年有藏民定居放牧。相传有一财主，担心嫁到宕昌的女儿思念家乡，就把礼县境内的"长安县"买了去当嫁妆。至于"长安县"为什么叫"长安县"，相关资料并未详述，但史书上的确称其为"长安县"，而不是"长安岘"。

长安县，一块秀美的爱情飞地

山水可以做嫁妆，
一个动人的名字，也可以。

长安县不是长安岘。
用一个名字，替代心头的万里江山，
只有视女如命，
才有这样摄人魂魄的妙想。

长安县在礼县的地盘上，
却属于相邻的宕昌。
那是传说中的父亲，
买下来送给女儿的嫁妆。

江山多有兴废，

229

而时间，好像未曾移动。
父心安处自长安，
一座依山傍水的木屋更无须上锁。

纤若泪痕的牛尾河流出谷口时，
风吹花香过山梁，
有人，正从蓝天深处
采回了
大片云朵。

2021.6.12

飞地

总有一部分会被你带走，
总有一部分，会一直给你留着。

是心上，突然空出来的部分：
月从坡上升起，
水在草丛徘徊。

是黑中，一直亮着的，
那缺了又圆，圆了
又缺的——
想念！

任是整个世界都被占完，
我依然用爱，

为你圈下了一座
——长安。

2021.6.12

嫁妆

一面坡是嫁妆，
坡上的牛羊，也是；

流出河谷的溪水是嫁妆，
开上坡的野花，也是；

白天干净的云朵是嫁妆，
夜晚密集的星辰，也是；

头顶的鹰鹞是嫁妆，
倒映在水中的另一只，也是。

长安无法运达，
就把身边的一切，都叫长安吧。

唯有明月，不是嫁妆，
是永不褪色的守护和牵挂。

2021.6.12

声音

蝴蝶宽衣的声音
花朵窃笑的声音

四脚蛇飞奔的声音
鹰的影子掠过树林的声音

云朵翻卷的声音
流水经过阳光的声音

牛在坡上刍草的声音
羊群咀嚼嫩叶的声音

石头睡觉的声音
山风诵经的声音

残花凋落
新苞初绽的声音

再听，就是幸福
自己的声音了——

一匹马，转眼
风一样翻过了远处的山梁

2021.6.12

一条路

一条路，穿过满坡野花
就是穿过了
一片芳香的窃窃私语

一条路，穿过屋后的树林
就是穿过了
一轮圆月的陈年旧梦

一条路，穿过一溪曲折的流水
就是穿过了爱的澄澈
抵达辽阔

并不是所有的路都没有尽头
爱是路的疆域
犹如它的小，就是它的执着
一条路，也会去云朵翻卷的山梁
它看得见远方
但它不爱

2021.6.13

一头牛望着水中的天空发呆

是公主，也可能是女儿。
身后的牛群爱她，身边的草地
也爱她。

没有谁能说清山梁以远是什么。

也没有谁，能说清牛尾河流到了何方。

这不是一头牛该想的。

她只是望着水中的天空发呆。

忽然，一声长哞，

远处吃草的牛，就都回过头来看她。

终了，也没有谁知道她为什么那样叫。

也没有谁能说得清，

望着水中的天空发呆，

对于一头牛究竟是好还是坏。

2021.6.15

在湫山的河谷里

1

在湫山的河谷里，我遇见了巨大的石头
仿佛是天神之足
踩住了逃散的山峰和时间

在湫山的河谷里，我也遇见了倨傲和无奈
在时间中对峙

2

多少风雨，才能涂抹出一块石头的慵倦？
辽阔的记忆
只是一层薄薄的青苔

轻佻的流水，瞬间就碎了
这类似人间的爱，缚在誓言的腰间

3

不要试着去给一块石头命名
没有什么，能比它们更古老

闭上眼睛，听见流水的声音

睁开，就看见时间的黑洞
从一块巨石漫散开去

4

一切都在酣睡：水中的石头
石头上面轻摇的光
一切，都轻轻地，发出轻微的鼾声

除了那个砍柴的人，缓缓爬上对面的山坡
整个世界，似乎都陷入了短暂的昏厥

5

斑斓的青苔，织出石头的锦绣，一刻不息
这时光的雕镂，时时散发着风雨的清香
和绵延的心动

而在石头的伤口上
一块运往山外的地板，得到了堕落的快感

6

和一块慵倦的石头相比
谁又是匆匆的过客？

水流旁，爱照镜子的野花只为出走而妖冶
攀上了青苔眺望的小蜥蜴
却在茫茫中看到了忧伤

7

山坡上，吃饱了青草的牛儿来到水边
它在饮下一块石头的倒影的同时
也饮下了眼里的迷惘

为什么，能和一块石头称兄道弟
却留不住一只娇小的蝴蝶翩翩远去的翅膀？

8

走着，走着，就想停下来，晒晒太阳
也晒晒内心的疲累

流水无言，却带走了大地上游走的章节
而乌云绝望
走着，走着，就走到了两手空空

9

湫山，一个普通的名字被记取
只是这些远涉苍茫的巨石驮载着神秘在此歇晌

沿途醒目的标语，标记着一个时代的轻薄
而贴了瓷砖的瓦房
却让湫山在巨大的危险中晃荡

10

我热爱过的生活，在远处被重新热爱
剩下的，只是一颗苍老的心和记忆

生活收回了所有赐予，却给了我俯视的时光
这时光，薄得像冰，锋利得
像蜇针

11

终于云破，终于日出
这是一个让人心碎的时刻
天蓝得像梦，却落在了石头的心上

阳光寂然，鸟儿凝神
走在路上的人都忍住了泪水

12

注定，我要在荒芜中读出跌宕
注定，我要在起伏中遇见忧伤

如果，我也是那个靠着土墙打盹的人
如果，我也是那个在鲜红标语下陷入凄凉命运的孩子
这一切，又和一个过客有何相干呢？

湫山的河谷里，时光忽明忽暗
古老的栒檀树，至今还长在新庄村的古庙旁

路过一生中的那些慵倦，一条小河庆幸清澈
一群石头庆幸寂寞
而我，又该庆幸什么？

2011.11.18

大堡子山秦公大墓抒怀

与活着相背，死亡
就是朝着记忆深处狂奔
——直到忘记。

史籍，和传说一样含混不清。
古老的姓氏
固执的相貌轮廓
甚至拗口的地名和方言
都是证据
可它们都敌不过盗墓者的洛阳铲

多少年，我们行走其上
种庄稼、埋人
并不知道一座权力的金字塔
就倒立在脚下

沿着墓道前行，殉者的尸骨
已不可怖
即使他们都在惨叫
权力的钟磬之声仍会顷刻间将他们悉数弹压。

安息吧，一切无辜者！

现实又一次忤背了王意：那些流落的青铜金玉
已不能给它的主人提供太多佐证
甚至简书，也只能接受山脚下农妇填炕的命运

一个民族文明的记忆，也许
只能带给一个农妇严冬里些微的暖意。
这又有什么可遗憾的呢？
年轻的血管里，依然流淌着古老的血
马匹不见了，一辆疾驰的高铁
足以让所有的逝去
望风兴叹。

2019.11.30

红河湖的水面上

站在红河湖边
深绿的湖水涌动
湖水连着的沟汉、峰峦就会涌动
湖水中，漂浮着的云朵
就会涌动

这并不是一泓死寂的湖水
夹岸而上，依次是高家、岳家、费家、花石吕家、街上赵家
再往上，就是秦公簋沁满绿锈红斑的纹饰

运有兴衰，城无恒主
但古老的血脉从未断绝
或一炷清香
或一身正气
或庙堂
或田间地头
不要在红河的地界大声呵斥
儒雅飘逸的不仅是湖面上的白鹭

风拂水面，群鸟翔集
那在湖面上闪光的，不是鸟群
是红河两岸古老的姓氏

2020.3.20

红河湖致赵壹

隔着千年岁月

我长揖一拜：先生，请了！

红河湖水波漾动

细浪拍沙

这定是先生长情的回礼

天台山在后

王家东台在前

以湖水为酒

我用布满铭文的秦公簋敬你见公不拜

刺世嫉邪挂冠不出

你就是天台山刚烈的膝盖

跪天跪地跪父母

就是不跪王权

但你一定跪过

跪天台山

跪家乡父老

要不，这红河湖的水也不会这么温婉深情

千年倏忽，但你不曾走远

做人要行楷，不要草书

回首水天相接处

因你

个个瘦骨皆带铜音

处处白羽无不凌云

先生，请了！

我干

君随意

2020.3.20

秦公簋

国之重器

也有满身铜锈的时候

翠绿的锈如果漾动

就是红河湖的水

深邃而神秘

国之重器

也有大而无用的时候

如果欲望被复制、放大，浇筑成台

它也许就是一个

老百姓用来说闲话的地方

"不顯朕皇且，

受天命鼏宅禹迹，十又二公，在帝之坯。"

这些古拙的大篆，即使今天

也很难读懂

它或许就是一个个行走在绿锈红斑里的人

充满了疑惑、茫然

和深深的担忧

有时候，国之重器

也不过是一只一无所用的破铜烂铁

被时间无情锈蚀
又被生活一脚踢远

2020.3.21

陶片

也许是一次失败的围猎

也许，是一个破碎了的夜晚

也许，这就是在此能够看到的最久远的篝火

藏在泥土中

2016.10.1

鼎

青铜的窃曲纹是王的冠冕
垂鳞纹是王的束腰。

鼎是王的分身术。
一鼎一簋为士，九鼎八簋为王。

在礼县秦文化博物馆的陈列架上，许多鼎
都流落异乡，或者成为孤独的残件
它们纹饰显赫，而出身不详

人们努力在王的故乡寻找一组鼎的主人
却好像盗墓贼拿走了一切答案

2016.10.2

石磬

和其它的乐器相比，磬的声音好像石头的心跳。
每一次敲击，灵魂都会轻轻飘出。

在礼县大堡子山的乐器坑中，
石磬和编钟一起出现。
两组十片，分为五音。

我见过这组石磬，颜色发青，形如肋骨。
我听过它的演奏，其音如丝如帛，
好像声音中的《蒹葭》，一咏三叹。

2016.10.3

铜镈

2005 年，大堡子山出土编钟一套：其中铜镈 3 件，甬钟 8 件，石磬 10 件。

发现该组器物时，盗洞距离它不足 20 公分。

刚出土时，我去看过。

因其崭新，人们怀疑它是假的。

在当年博物馆简陋的仓库里，我陪诗人阳飚去看过。

后来，又在新建的秦文化博物馆，我一次次陪着朋友去看。

每次去看，都如见故人。

该铜镈造型考究，纹饰繁复，其所奏之音宽 3 个多八度。

其上有铭文："秦子作宝和钟，乃音锈锈邕邕，秦子峻令在位，眉寿万年无疆。"

值得指出的是，此铜镈铭文所刻皆为古音，"锈锈邕邕"，读起来应该是"央央邕邕"，

如此一读，犹如一奏。

2006 年，该发现被评为年度十大考古发现之一。

2016.10.3

镞，或者二次伤害

在一枚铜箭镞的镞翼处，隐藏着锋利的倒勾。
这是在冷兵器中最早发现的杀戮中的二次伤害。

博物馆漂亮的解说员每到此处，
娇美的脸上满是炫耀的骄傲。
很显然，这是冷兵器二次伤害后的，又一次。

2016.10.3

从戈，到伐

王于兴师，修我戈矛，与子同仇！

——《诗经 · 秦风 · 无衣》

在礼县秦文化博物馆
一柄戈，从礼器
走到了兵器

在礼县秦文化博物馆
一柄戈，也从名词
走到了动词

在礼县，曾有许多人手持戈矛
走出去
至今未归

2016.10.3

西汉水边，爱情从来都是一咏三叹

"蒹葭苍苍，白露为霜。所谓伊人，在水一方。"
西汉水怎样流淌，爱情，就怎样流淌。

"蒹葭萋萋，白露未晞。所谓伊人，在水之湄。"
清晨的露珠怎样呈现，爱情，就怎样呈现。

"蒹葭采采，白露未已。所谓伊人，在水之涘。"
隔着河水望过去，哪个地方空空荡荡，爱情，就在哪个地方。

在西汉水每一个转弯的地方，爱情反复出现，一咏三叹，
却又，总是说不清楚。

2016.10.3

殉

临其穴，惴惴其栗。彼苍天者，歼我良人。

——《诗经·秦风·黄鸟》

时间也害怕记忆，它会在白骨上坍塌。
生命死去就无法复活，但惊恐
从来没有睡去。

在礼县大堡子山的秦公大墓中，
许多被击杀的孩子
都大张着嘴巴，想要站起来。
考古者，用毛刷和竹签，恢复了他们的惨叫。

2016.10.3

去寺阁山看落日

寺阁山的落日
似乎比一粒油灯稍大一点
但山脊舒展，青峰重叠
落日，就挂在眼前

寺阁山的落日，风吹
只会让它更加温暖
转身，就和所有的星辰
混在一起

一日将尽
于山顶沐风归来
我们更像是对天空的一次背叛

2021.5.9

蒹葭

混同于野草之中，
蒹葭，是不能互代的两种植物。
风来时弯腰，雨来时低头，与涉禽
分享一条古老的河。

俊朗的马匹，是滚动在草地上的露珠；
秋风里的花朵，是命运析出的严霜。
沿河走，美好都是想出来的。
不过是命如蒿草，心有敬畏而已。

西汉水边，未出阁的女孩，凤仙花染红指甲，
年年，都在七月集结，焚香乞巧。
七天七夜，香烛不断，
载歌载舞，歌声哀婉而凄切。
他们是另一种蒹葭，遍布老秦人的国土。

2021.8.6

秦人

手握石杵，坐在时间深处
舂谷物的人

臂膀上架着鹰鹞，骑马
穿过田野的人

养马，犹如写诗的人

造车，如同绣花的人

用敌人的首级
换土地的人

死了，就地埋下
头朝着西的人

统一了天下，还记着回来
给祖宗们说一声的人

两千八百年的岁月，也埋不住
还要卷土重来的人

……

某夜，陈列馆里的兵马俑集体哗变

星光下，骑着大风，驰回了故乡……

2021.8.10

马群还会穿过西汉水去河的对岸

有时，是半夜；有时，
是在梦中，我看见马群自远而来，
穿过西汉水，去河的对岸。

它们毛色油亮，骨骼健硕，
轰鸣着，像一座座飞驰的山梁。
我怀疑这是幻觉，可我分明看见，
它们澄澈的眼神中，翻卷着
一座灿烂星空。

而西汉水，也只有马群穿过时，
才会腾起尖叫的浪花，似乎
整条河流都在颤栗。
饱含光芒的水珠，
飞上马背，又四溅开去。

最后一次看见，是在寺阁山顶。
宿雨初晴，洁白的浓雾掩没城市。
浓云之上，天空澄澈，圆月高悬。
这时，马群兀然出现：
月光下，每根鬃毛都闪着光。
它们奔腾着，自远而来，穿过西汉水，

259

消失在了星辰中间。

我终于看清，这些赞歌一样，
来自远古的马匹，不是为了征战，而是
在寻找人间的骑手。

2021.8.11

他们，或许未曾离开

在陶土

和火焰中消失

又在青铜和锈迹中复活

在战败者的衰老

和沉默中消失

又在孩童澄澈的眼眸中复活

在傍晚

颓然倾斜的地平线消失

又在半夜折返的风中复活

在时间

空旷辽远的疲惫中消失

又在人群潮湿而鲜活的面孔复活

你来过礼县

也去过大堡子山和博物馆

但你未必认出：

他们的铠甲已经脱下

他们的队列

还在前行……

2021.8.14

殉

在殉坑前，我肃然默立。
白骨已经沉寂，但空气还在颤栗。

这些杀戮，我看一眼，
他就杀一回。

竹签和毛刷，是记忆的末梢神经，
考古者在努力还原真相。

两千多年前，我是谁？
杀人者？还是被杀者？

我内心的不安和绝望，好像来自于
那些经过，却并未停下来的人群。

2021.8.14

老物件

大堡子山上的草
是老物件
一破土，就带着青铜的颜色

西山梁的鹞子
是老物件
凌空一跃
喊出的，都是两千年前的口号

寺阁山的烟雾
是老物件
为神修建的行宫，神，一直都在

唯有西犬丘的城墙
也是老物件，可现在水泥砌上了
不知道夯土中的陶片和骨头
会不会窒息

而秦人的耿直和不屈
也是老物件
却越来越少了

好像生活在秦地上的，都是外乡人

2021.8.26

石碓窝

石碓窝，安放在村子中央，
有时，女人们用它舂粮食，
但更多的时候，它是风雨的巢穴。

一代一代的孩子，喝着小米粥，
长大就去远方，有些回来了，
有些，永远也回不来。
但石碓窝，从不放弃。

老人们说，杵声，是村子的心跳，
男人走得再远，杵声都会唤回来。
老人们也说，石碓窝，是活着的根，
只要碓窝响，日子就有了盼头。

一代一代的女人，守着石碓窝
过完了一生。
但是，小米还是要舂了才能熬粥；
粮食，总有一些要酿成酒。
而村口的石碓窝，
好像是专为那些回不来的孩子而存在。

2021.9.5

登鸾亭山

鸾亭山多有瑞雾，总有人
听见凤的鸣叫。草丛中的瓦片，
纹饰清晰，但它们，
已是这高耸山头的一部分，
而不是，岁月的一部分。

荆棘，总要比王权的夯土
更经得起时间的磨损。深秋的风
轻轻摇晃一丛野山菊时，满坡的野棉花
和岭头白云，也在阳光下翻卷。

山下人声喧嚷。
时不时的警笛，会掠过街衢
扬长而去。成群的山噪鹛不废聒噪，
仿佛自有一套保持闲适的秘笈。

当有人从林子深处
抱着捡拾的树枝走来，我看见
一扇门，一直在斑斓的山花丛里
等人归来。

2021.11.1

深秋，一面开满野花的山坡

秋天快要结束了，可它们还在开：
野菊花败酱草紫菀花飞蓬草北沙参一枝黄花野黄蒿火绒蒿龙胆
花……
第一次，我感到败酱草是如此美丽而无畏；

蓬藁鹤草大蓟泽泻蛇床悬钩野棉花，花朵虽已开谢，
可染霜的叶子更加鲜艳；

五味子荀子沙棘火棘地锦扁桃木，
血珠子一样的果实把一面坡都染红了，
山噪鹛草鹀红嘴蓝鹊灰喜鹊长尾山雀们，正一批接一批飞过来，
用歌声做着超度。

深秋，一面开满野花的山坡上，
万物都把最艳丽的一面，留给了死亡。

2021.11.8

鸢亭山草丛里的瓦片

1

它们都有巴掌大小，
来自同一座古老的房子，
现在，却都是泥土的一部分，
荒凉的一部分。

它们都有鲜活的纹饰，
有已经磨平了的伤口，
但那都已经成了生命的背景。

我用枯草擦拭它们表面的泥土，
像推一扇厚重的门：
隐隐，有一束光，
落在那条古老的河面上。

2

我能嗅到河水在空气中弥散，
和花朵湿漉漉的芳香；
也能听到树叶掉落，
水面陡然长出新鲜的皱纹。

一只小动物，从树林出来，
来到河边饮水，它的倒影，
好像藏在水中的另一只。

一群鱼，从深处的水草中游来，
没有停止游动，一直游到了今天。

两千多年前，
有人朝着河面丢了一块石头，
今天，我也终于听见了"噗通"之声。

2021.11.8

西汉水

它一破土，
就有了乡愁。

峁水河漾水河永坪河燕子河洮坪河碧玉河南峪河清水河野马河，
都在路口等它。

一万座山护送它西去，
一万座山，
又唤它东回。

嘉陵江是一条大路，
长江，也是。

蓝色的大海，
是一个漂浮的梦，
梦里，西汉水也有一个回不去的家。

2019.12.6